C O L L E C T I O N
LITTÉRATURE JEUNESSE

DIRIGÉE PAR ANNE-MARIE AUBIN

Entre
deux temps

De la même auteure

Menace sur Bouquinville, Montréal,
Québec/Amérique, 1988.

Entre
deux temps

LOUISE LÉVESQUE

ROMAN

41

ÉDITIONS QUÉBEC/AMÉRIQUE

425, rue Saint-Jean-Baptiste,
Montréal, Québec H2Y 2Z7
(514) 393-1450

Cet ouvrage a été publié grâce à une subvention du Conseil des Arts du Canada.

Données de catalogage avant publication (Canada)

Lévesque, Louise, 1955 -

Entre deux temps
(Collection Littérature jeunesse ; 41)
Pour les jeunes.

ISBN 2-89037-615-X

I. Titre II. Collection Littérature jeunesse
(Québec/Amérique) ; 41.

PS8573.E9623E57 1992   jC843'.54   C92-096913-5
PS9573.E9623E57 1992
PZ23.L48En 1992

Dépôt légal:
4ᵉ trimestre 1992
Bibliothèque nationale du Québec
Bibliothèque nationale du Canada

Montage
Andréa Joseph

Remerciements

Ouf! Juste une petite page pour remercier plein de monde! Va falloir que je modère mes transports. Bon, on va commencer par faire justice.

Aux camarades de Steve Pelletier, qui l'ont traité de menteur parce qu'il s'était vanté de me connaître: oui, je suis une grande amie de sa mère Lyse, et oui, il m'arrive d'aller chez lui. Non, je n'ai reçu aucune menace pour écrire ça.

Et maintenant, j'aimerais remercier tout particulièrement

Serge Tessier pour avoir servi de modèle... physique à mon personnage de Lucas (je tiens toujours mes promesses); et Charlène Pelletier pour m'avoir confirmé l'orthographe du mot «schtroumpf».

Aussi, je remercie tous mes camarades de travail du district 53 et autres amis policiers éparpillés un peu partout sur le territoire de la Communauté urbaine de Montréal, pour le climat de gentillesse et d'affection dont ils m'entourent. S'ils étaient différents, Paul et Lucas le seraient également. (Je vous le dis peut-être pas souvent, les gars, mais je vous aime énormément. Ça vaut pour les filles aussi.)

Enfin, je dis un gros merci aux parents et amis qui ont confiance en moi... même quand moi je doute.

Louise Lévesque

PLAN DE BOUQUINVILLE
1998

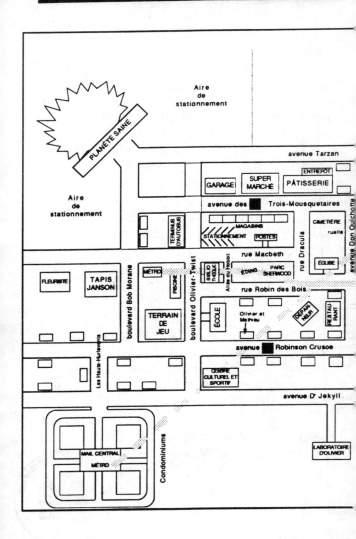

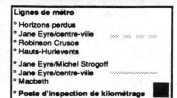

Lignes de métro

° Horizons perdus
° Jane Eyre/centre-ville
° Robinson Crusoe
° Hauts-Hurlevents

° Jane Eyre/Michel Strogoff
° Jane Eyre/centre-ville
° Macbeth

° Poste d'inspection de kilométrage

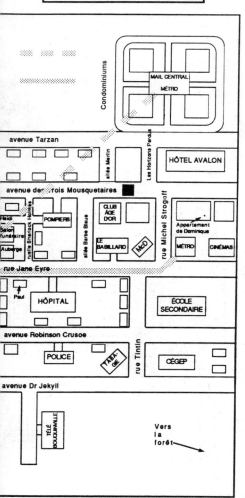

Prologue

Ce livre est le troisième et dernier d'une série. Afin de situer les lecteurs et lectrices qui n'ont pas lu *Menace sur Bouquinville*, et *Les enfants d'Ydris*, voici une liste des personnages qui regroupe les humains, les ydrans et les robots de l'histoire.

LES HUMAINS

Dominique Granger

Avec Mathieu et Olivier Delacroix, elle fait partie des personnages principaux de la série. Âgée respectivement de neuf et dix ans dans les livres précédents, elle a vingt ans dans *Entre Deux Temps*, dont l'action se déroule principalement en 1998. Dominique a les cheveux roux, les yeux verts, n'est pas très grande, pas très ordonnée et elle bouge tout le temps, généralement vite. A un faible pour Olivier.

Olivier Delacroix

Frère aîné de Mathieu (deux ans plus âgé) et ami de Dominique, Olivier a hérité de l'esprit scientifique de son père Gilbert Delacroix, ingénieur en robotique. Préfère le raisonnement et la logique à l'action. Aime mieux plonger dans les livres ou les éprouvettes que dans une piscine. Bref, le genre «bolle». Mais il ne se prend pas trop au sérieux et n'est pas à l'abri des sautes d'humeur.

Mathieu Delacroix

Frère cadet d'Olivier et ami de Dominique. Ils fréquentent la même classe depuis la petite école. De plus, les Delacroix et les Granger sont voisins depuis toujours. Mathieu aime l'action, le sport et le grand air. Lui et son frère ont les cheveux châtains et de magnifiques yeux gris. Mathieu a le visage rond et des fossettes. Il est légèrement plus petit que son aîné mais plus musclé. Sinon, ils se ressemblent comme deux gouttes d'eau. Dans *Les enfants d'Ydris*, Mathieu reçoit une bille magique qui permet d'exaucer trois souhaits, que Judith lui subtilise. Miada lui offre alors de les remplacer, mais il refuse et conserve la bille désormais sans pouvoir pour sa collection. (Voir Miada et Judith Mitinski).

Maxime Gaudreault

Ex-majordome de Judith, Maxime (Max pour les amis) fait son apparition dans *Les enfants d'Ydris*, dont il est l'un des personnages principaux. Il a alors vingt-trois ans. En voyageant dans le temps, il se retrouve en 1998, à peine vieilli. (Voir Judith Mitinski). Max est un coquin sympathique. Les enfants l'adorent et les ydrans aussi, surtout Ludwig.

Judith Mitinski

Ex-patronne de Maxime, Judith apparaît la première fois dans *Les enfants d'Ydris*, tenant le rôle de la vilaine. Elle est une femme obsédée par la vengeance, cherchant par tous les moyens à récupérer une formule à voyager dans le temps qu'on a volée à son grand-père, Barnabé Mitinski. Elle chipe à Mathieu la bille magique qui exauce ses souhaits: récupérer la formule et ramener son grand-père à la vie, la condamnant ainsi à retourner à l'âge qu'elle avait avant la mort de son aïeul, aussi longtemps qu'elle voudra garder Barnabé vivant. Elle a environ dix ans. Judith est grande, élancée et très belle.

Barnabé Mitinski

Dans *Les enfants d'Ydris*, Barnabé joue un rôle posthume. Il ne vit que dans le souvenir de Judith. Dans la soixantaine avancée, Barnabé est un vieil excentrique qui achète des bouquins poussiérieux et s'enferme des jours entiers pour faire des expériences, farfelues, selon ses concitoyens. Judith est sa seule alliée. Un jour, dans un vieux livre, il découvre des incunables dévoilant une formule pour voyager dans le temps. Tous les samedis, Judith et lui s'en donnent à cœur joie, jusqu'au jour où la fillette découvre Barnabé mort sur son lit. La formule a disparu.

Charles Langevin

Nouveau personnage. Président-directeur général de l'entreprise «Planète Saine», spécialisée dans les produits écologiques, domestiques et commerciaux. Charles a quarante-six ans et la carrure d'un homme qui a travaillé dur. Il a un visage intéressant, très mobile, qui reflète toutes ses émotions... quand il choisit de les montrer.

Alexandre Valérian

Nouveau personnage. Acteur de téléroman bien connu. Début trentaine mais paraît plus jeune. Beau visage, corps athlétique et dentition impeccable. Témoin de l'enlèvement d'Olivier.

Paul

Présent depuis le début de la série, Paul est un policier enquêteur, ami des Granger et des Delacroix. A toujours préféré Dominique, qu'il appelle Princesse depuis le berceau. Il approche la cinquantaine et il est à quelques semaines de sa retraite. Paul est célibataire, bel homme grisonnant et légèrement bedonnant. À l'instar de plusieurs policiers, il boit du café en quantité industrielle.

Lucas

Collègue et ami de Paul, Lucas fait une première apparition caméo dans *Les enfants d'Ydris*, où il s'amuse à agacer Ludwig. Lucas est plus jeune que Paul; plus grand et plus gros aussi. Il a ce qu'on appelle «une bonne bouille» et ses yeux rieurs éveillent immanquablement la confiance des gens.

Vanessa

Étudiante de vingt ans, ancienne flamme d'Olivier, Vanessa remplace la secrétaire de Charles Langevin durant l'été.

Martin Janson

Apparition caméo dans *Les enfants d'Ydris*. Un des garnements de la classe de Mathieu et de Dominique, Martin prend un malin plaisir à embêter tout le monde et Mathieu en particulier parce qu'il le trouve antipathique. Sentiment réciproque.

Mylène
Nouveau personnage. Infirmière.

Steve
Nouveau personnage. Éditeur du *Babillard*, journal où Mathieu travaille comme apprenti journaliste.

LES YDRANS

Dans *Les enfants d'Ydris*, les ydrans sont les enfants. Ils sont les descendants des étoiles Shakra et Ydris, qui ont reçu un corps presque humain pour habiter la Terre, à condition de voir au bien-être de ses créatures. Les ydrans vivent dans les forêts, sont végétariens, parlent aux plantes et aux animaux, et soignent leurs maux grâce à la bille magique dont ils sont les gardiens. Leur physique est semblable à celui des humains; cependant, leur taille moyenne est d'environ un mètre et des poussières, leurs yeux sont extrêmement brillants et ils vivent des centaines d'années. Ils ne meurent pas comme les humains mais perdent de leur éclat et disparaissent.

Ludwig

Frère adoptif de Miada, Ludwig est le plus petit (90 cm environ) et le plus jeune des trois ydrans. Il est d'une curiosité insatiable et les humains l'ont toujours attiré. Dans *Les enfants d'Ydris*, en suivant une expédition scolaire, il perd la bille magique dont il est le gardien. Dominique la trouve et la donne à Mathieu. Ludwig s'allie à Maxime pour la récupérer. C'est ainsi qu'il se retrouve à Bouquinville, chez Max, et devient son meilleur ami. Ludwig est gourmand et malgré sa taille minuscule, il peut ingurgiter une quantité incroyable de friandises. Il a un faible marqué pour les barres tendres. Il apprend, dans le livre précédent, l'existence du trou dans la couche d'ozone, et se porte volontaire pour retourner à Bouquinville afin de pousser l'enquête à ce sujet.

Yuan

Le plus grand des ydrans et le plus téméraire, Yuan est du type «beau ténébreux». Dans *Les enfants d'Ydris*, il vole à la rescousse de Ludwig, que les ydrans croient en danger mortel chez les humains. Ludwig est ouvert et affectueux et Yuan est secret et méfiant. Mais il est d'une loyauté à toute épreuve envers ceux qu'il aime. Fait à noter, Yuan est l'unique ydran à posséder et à maîtriser un vélo, ce qui en fait un héros parmi les siens.

Miada

Presque aussi grande que Yuan, Miada est un peu plus âgée que Ludwig. Prêtresse d'Ydris, elle a des pouvoirs que les autres ydrans n'ont pas, comme ceux d'avoir des visions dans l'eau ou des pressentiments. Elle possède également un sac de billes à moindre pouvoir que la bille maîtresse. Elle offre l'une d'elles à Mathieu en échange de celle qu'il possède avant que Judith ne s'en empare. Dans *Les enfants d'Ydris*, elle est toujours accompagnée de Touffe, un lapin à qui elle raconte tout et que Yuan déteste au point de regretter de n'être pas carnivore. Miada a une voix musicale et envoûte les gens au bout de quelques phrases. Elle est affectueuse comme son jeune frère mais moins naïve que lui.

LES ROBOTS

Minute

Robot d'apparence vaguement humaine mesurant tout au plus vingt centimètres. Version améliorée de Mini, modèle conçu par Gilbert Delacroix dans *Menace sur Bouquinville*; Minute a été conçu par Olivier, qui l'a offert à Judith.

Robbie

Androïde mesurant près de un mètre quatre-vingts, à l'emploi de Charles Langevin puis à celui d'Olivier.

Chapitre 1

Un voyage imprévu

Mm, que c'est bon! se dit Max en mordant à belles dents dans un hamburger bacon et fromage. Il en mange un clandestinement chaque mardi depuis qu'il héberge un ydran. En ce 16 juillet (c'était l'été le plus torride des années quatre-vingt et fort heureusement, le dernier), Max avait vu des mirages de hamburgers toute la journée.

Naturellement, il n'avait pas soufflé mot de ces hallucinations à Ludwig.

L'ydran est végétarien comme tous ceux de sa race. Il regarde tristement son hôte à la moindre manifestation de son instinct carnivore.

Oh, Ludwig ne lui fait aucun reproche, mais ça n'empêche pas Max de se sentir coupable lorsqu'il voit son petit copain s'apitoyer en silence sur le poussin insouciant que fut jadis le poulet qu'il est en train de souper. Croiser le regard de l'ydran pendant le repas fait revivre et gambader dans l'assiette de Max le petit veau qu'il déguste en côtelettes avec des frites. Plutôt embarrassant.

Incapable de supporter la désapprobation de Ludwig ni de s'abstenir complètement de manger de la viande, Max a choisi la solution la plus facile: se régaler en cachette. *Après tout,* se dit-il pour se donner bonne conscience, *si Dieu nous avait voulus végétariens, Il nous aurait créés sans canines.*

Ce soir toutefois, Max se sent coupable malgré la logique de son argument. La pensée de Ludwig le hante et à chaque bouchée son hamburger perd de la saveur. Il en a à peine entamé un bout qu'il considère le reste d'un œil froid, et le repose dans l'assiette qu'il repousse du revers de la main. Laissant un pourboire à la serveuse, il quitte le restaurant.

Une fois dehors, il s'attarde un moment à contempler les étoiles en se demandant où sont Shakra et Ydris, ancêtres de son ami. Puis, l'image de Ludwig se faisant de plus en plus insistante, il presse le pas vers la maison.

* * *

Délaissé au profit d'une galette de viande, Ludwig est installé devant la télé et s'amuse avec la commande à distance. C'est prodigieux, cette boîte à images! Max lui a expliqué qu'elles sont transmises par satellite.

— C'est quoi, un satellite? avait demandé l'ydran.

— Une sorte de station dans l'espace. Elle capte les ondes émises et les reproduit en images à travers le globe. En une fraction de seconde, on peut recevoir des images envoyées par une station située de l'autre côté de la planète!

— Vraiment? C'est fascinant!

Depuis, Ludwig regarde la télévision avec respect, s'imaginant la distance parcourue par les images qui défilent devant ses yeux. Il faut cependant avouer que leur provenance l'impressionne plus que leur contenu.

Vive les documentaires! C'est le type d'émission que l'ydran préfère car il apprend beaucoup de choses sur les humains et sur leurs rapports avec l'environnement. Il est ravi de constater que certains d'entre eux partagent l'intérêt que son peuple porte à la faune, à la flore, et à l'ensemble de ce qui vit. Les commentaires sont parfois débités sur un ton monotone, mais les images sont toujours superbes.

Ludwig saute d'un canal à l'autre dans l'espoir d'attraper une de ces émissions captivantes. Soudain, il entend un grand fracas dans le soussol. Il sursaute et, laissant la télécommande sur le sofa, il se dirige précautionneusement vers la porte. À quelques pieds, il s'arrête, indécis.

L'ydran ne s'est encore jamais aventuré dans la cave, car contrairement au logis de Max où il s'est tout de suite senti à l'aise, la maison de Judith l'intimide. Elle est tellement vaste qu'il s'y sent perdu. Max tient à y habiter depuis la disparition de son ex-patronne afin de surveiller et entretenir ses biens, accomplissant de son plein gré le rôle de majordome qu'on lui avait naguère imposé. Cette fois sans le costume hilarant qui lui donnait l'air d'un gros bourdon.

Hésitant toujours sur le parti à prendre, Ludwig entend un bruit léger dans l'escalier entre le sous-sol et le rez-de-chaussée. Un grattement? Non. Un ronronnement? Non plus. Un cliquetis? Pas tout à fait. Ça monte. C'est tout près maintenant. Une mince tige métallique au bout de laquelle se trouve une toute petite main se glisse sous la fente de la porte. Ludwig recule.

— Allô! Il y a quelqu'un? demande une voix qui n'a pas grand-chose d'humain.

C'en est trop pour l'ydran. Abandonnant tout semblant de témérité, il court se cacher derrière un fauteuil.

* * *

«Ludwig?» appelle Max en mettant le pied dans la maison. Voyant que la porte menant à la cave est ouverte et craignant qu'il ne soit arrivé malheur à son ami, Max se précipite. Une voix étrange fige son élan.

— Ah! Je commençais à désespérer de trouver quelqu'un! entend Max.

Il se retourne et aperçoit près du fauteuil, derrière lequel se tapit Ludwig mort de peur, un minuscule robot d'apparence vaguement humaine. Ayant réussi à capter l'attention de Max, le robot éteint un senseur fixé à son tronc servant à détecter des signes de vie.

— Qui êtes-vous? Que faites-vous dans mon salon? Qu'avez-vous fait de Ludwig? l'interroge rudement Max.

— Du calme, mon ami! Primo, je m'appelle Minute, un diminutif de Mini 8. Secundo, si je ne m'abuse, ce salon n'est pas le vôtre mais celui de Judith. Tertio...

— Holà, un instant! Comment savez-vous cela? Vous la connaissez?

— Je disais donc, tertio, poursuit le robot sans tenir compte de l'interruption de Max, j'ignore s'il s'agit de Ludwig mais mon senseur indiquait la présence d'un être vivant derrière ce fauteuil. J'ai dû l'effrayer, j'en suis désolé.

Max se dirige vers le fauteuil et soulève Ludwig, rouge de honte devant la taille minuscule de celui qui avait provoqué sa fuite.

— Ça alors! s'exclame l'ydran pour masquer son embarras. Comment a-t-il réussi à ouvrir la porte? La poignée est beaucoup trop haute pour lui! Je l'atteins tout juste!

— Simple. J'ai les poignets et chevilles extensibles comme un télescope. Mais j'avoue que cela m'a tout pris.

— Tout cela n'explique pas votre présence ici, poursuit Max d'un ton accusateur.

— Nous sommes venus chercher de l'aide.

— Nous? Qui ça, nous?

— Judith et moi, naturellement.

— Judith? Où est-elle?

— En bas. Sa technique «d'atterrissage» laisse encore un peu à désirer, je crois.

Max ne l'écoute plus. L'ydran dans ses bras, il allume et descend l'escalier quatre à quatre. Repérant aussitôt l'endroit où s'est empêtrée la fillette, il pose Ludwig par terre et tous deux déblaient la montagne de bric-à-brac qui s'est abattue sur elle. Sitôt libérée, Judith se jette au cou de son ancien domestique et s'écrie:

— Max, c'est terrible! Si tu savais! Viens avec moi, j'ai besoin de ton aide!

— Tu ne vas pas partir sans moi, dis? s'inquiète Ludwig en s'accrochant à son ami.

— Emmène-le si tu veux mais faisons vite, je t'en prie!

— Bon, bon! cède Max. Mais où allons-nous?

Judith ramasse Minute qui les a rejoints et prenant Max par la main, lui répond:

— En 1998.

— QUOI?

Max n'a pas le temps d'en dire plus. Avant qu'il ne puisse s'arracher à son étreinte, Judith récite sa formule pour voyager dans le temps et, hop, les voilà partis.

Chapitre 2

16 juillet 1998

«Ah, merde!» s'exclame Mathieu en arrachant un coussinet fixé au sparadrap sur son front et en envoyant valser une autre page à moitié imprimée dans le coin de la corbeille à papier. *Au fond, mon problème, c'est que je suis trop sentimental.*

Deux semaines auparavant, à l'occasion de ses dix-neuf ans et pour célébrer ses débuts journalistiques, son frère Olivier lui avait fait cadeau d'une de ses dernières inventions: un traitement de texte télépathique.

C'est très ingénieux comme machine. Elle fonctionne selon le principe que tous les messages, sensations et impulsions du corps sont transmis au cerveau par des courants électriques, et qu'il doit donc y avoir un moyen de capter ces courants sans utiliser ses doigts. Mathieu n'a qu'à s'asseoir devant son appareil, coller sur son front le récepteur de pensées, et grâce à deux fils pratiquement invisibles à l'œil nu, celles-ci se transmettent immédiatement à l'ordinateur qui les imprime.

Ce serait merveilleux si les pensées de Mathieu n'avaient tendance à s'égarer continuellement. Un rien les distrait. Le jeune homme est conscient de ce problème, mais son admiration envers son frère aîné l'empêche de céder à l'impulsion de retourner au bon vieux clavier qu'il pouvait maîtriser du bout des doigts.

Mathieu se lève et contemple le mouvement de la rue par la fenêtre. Puis, dans un ultime effort de volonté, il ferme le store vénitien, éteint la radio, tourne ses photos face au mur, recolle le coussinet sur son front et poussant un énorme soupir, se concentre énergiquement sur son labeur.

L'imprimante s'active et inscrit en grosses lettres:

DU NOUVEAU DANS LE DOMAINE DE LA BOUFFE RAPIDE!

* * *

— Olivier, es-tu là?

— 4,5, dit ce dernier à la bombe rousse qui vient de faire irruption dans son labo en croquant une pomme.

— Quoi?

— Ta façon de dévaler les marches indique 4,5 à l'échelle Richter. Serait-ce trop te demander que de faire moins de vibrations, Dom? Tu es grosse comme un pou et on dirait que tu pèses deux cents kilos! Te rends-tu compte que tu viens de réduire mon catalyseur en poussière?

— Ton cataquoi?

— Catalyseur. Tu sais, l'élément qui n'est rien en soi mais provoque des réactions chimiques entre...

— Oh, la barbe! Tu sais que la chimie et moi, ça n'a jamais fait d'étincelles!

— Je ne dirais pas ça, sourit espièglement Olivier. Tu n'as quand même pas déjà oublié la magistrale explosion en classe-lab de secondaire IV?

— Bon, bon, bougonne Dominique. Tu vas me la remettre sous le nez le restant de mes jours, peut-être? Tout le monde ne peut pas être aussi «bolle» que toi. Et puis si tu radotes à vingt et un ans, je n'ai pas hâte de te voir à quatre-vingts... Peut-on savoir ce que tu fabriques? demande-t-elle en voyant son camarade savant fouiller, à l'aide d'une pincette, dans un bocal à demi rempli de ce qui semble être des cailloux.

— Je prends un autre catalyseur, tiens! Avec ta délicatesse habituelle, tu as pulvérisé l'autre.

— Ah, non! Pas maintenant! proteste la jeune fille en lui arrachant l'instrument des mains. Ce n'est pas le moment de te replonger dans tes éprouvettes, on s'en va magasiner.

— Magasiner? questionne Olivier comme s'il ignorait la signification de ce mot.

D'ailleurs, à regarder son jean élimé, son chandail froissé et son sarrau tout taché, on peut sans peine deviner qu'il n'est pas le principal client du centre commercial de Bouquinville. Ni de quelque autre ville que ce soit.

— Magasiner? répète-t-il en prenant conscience de l'horreur dans toute son ampleur.

Comment? Il allait devoir interrompre son expérience pour suivre Dominique de boutique en boutique et essayer une multitude de vêtements tous aussi inconfortables les uns que les autres jusqu'à ce qu'elle juge son allure convenable?

— Bien oui, quoi! répond Dominique, agacée par la mine hébétée de son ami. Tu n'as quand même pas l'intention de présenter ta vaisselle magique au monde entier dans cette tenue, non?

— Ce n'est pas de la vaisselle magique... commence patiemment Olivier.

Dominique ne lui laisse pas le temps de poursuivre. Quand Olivier est lancé sur son sujet favori, il est tout simplement intarissable.

— Oui, oui, je sais! C'est de la vaisselle jetable que tu as enduite d'un mystérieux produit et qui s'évanouit à la noirceur. Avoue que ça ressemble drôlement à la poudre de perlimpinpin.

— Jamais de la vie! Ce n'est pas de la magie, c'est de la science! s'échauffe Olivier, piqué dans son orgueil de laborantin.

— Bon, bon, je n'ai rien dit! Mais je suis sûre qu'on va te prendre au sérieux même si tu t'habilles comme du monde, tu sais.

— Mais enfin, qu'est-ce qu'elle a, ma tenue?

— Elle fait dur, si tu veux savoir!

— Eh bien, tu n'as qu'à regarder ailleurs!

Les deux amis se fixent avec des yeux chargés d'éclairs, comme ils le faisaient lors de leurs disputes enfantines. Puis, devant leur ridicule, ils pouffent de rire au même instant.

— Allez, viens, l'invite Dominique en lui tendant la main. Demain est un grand jour, il faut que tu sois beau pour l'occasion.

— Je suis *toujours* beau, corrige

Olivier. Mais pas toujours présentable, je l'admets.

Résigné à faire bonne figure devant l'inévitable, il saisit la main de sa copine, qui l'entraîne vite avant qu'il ne change d'idée.

Chapitre 3

Sourires et grimaces

Debout devant une vitrine occupant un espace considérable de son vaste bureau, Charles Langevin, propriétaire et chef ultime de la compagnie Planète Saine, contemple la maquette de son empire industriel avec fierté. Et pour cause. Parti de rien et enterré de dettes en 1990, il est, en 1998, reconnu comme un géant de l'entreprise écologique. Et immensément riche.

Ses usines produisent de tout, du

papier hygiénique recyclé au détergent sans phosphate. Les consommateurs, écrasés de culpabilité d'avoir détruit avec insouciance les ressources naturelles et ayant mis en péril la survie des générations futures, rachètent leurs fautes en se ralliant avec ferveur à son emblème écologique; leur conscience nette garnit son compte de banque.

La plus grosse machine à dollars reste cependant les contenants, assiettes et gobelets en styromousse sans *CFC* (chlorofluorocarbone), composé chimique détruisant la couche d'ozone. Bien sûr, ses usines ne sont pas les seules à en fabriquer mais les prix compétitifs de Planète Saine lui ont amené la clientèle de nombreuses chaînes de restaurants.

Et voilà qu'un jeune impertinent, qui a à peine quelques poils au menton, menace de lui usurper sa principale source de revenus avec une invention inopportune qu'il entend présenter ce soir même. Quelle audace! Bouillant de rage, Charles retourne à son pupitre sur lequel est étalé le journal qui a révélé cette nouvelle indigeste. Son regard tombe sur la photo d'Olivier qui sourit et semble le narguer.

— Ah, non! rugit Charles en l'écrasant du poing. Je ne vais pas laisser ce petit brasseur d'éprouvettes ruiner huit ans de dur labeur! Je vais y voir et tout de suite!

Retrouvant subitement son calme, il sonne sa secrétaire et lui demande d'un ton neutre:

— Vanessa, avez-vous encore la carte de ce jeune homme des Tapis Janson?

— Certainement, monsieur.

— Bien. Veuillez le convoquer immédiatement. J'ai un petit boulot pour lui.

— Entendu, monsieur.

Charles sourit et déchire tranquillement, avec délectation, la photo d'Olivier.

* * *

Tournant fiévreusement les pages du journal en ce matin du 17 juillet

1998, Barnabé, le grand-père de Judith, y trouve l'article de Mathieu en page treize. Nullement superstitieux, il ne prête aucune attention à ce détail, vexé qu'on n'accorde pas plus d'importance au jeune inventeur. Lui, il aurait traité son génie avec plus d'égards.

Après l'avoir lue et relue, il découpe soigneusement la prose enthousiaste du journaliste en herbe et range la coupure sous la feuille protectrice en vinyle d'un album souvenir.

Barnabé collectionne tout ce qui se rapporte à Olivier, avec qui il s'est lié d'amitié une fois installé à Bouquinville à la fin de 1996. Barnabé et Judith, las de se promener constamment d'une époque à l'autre pour éviter de susciter l'étonnement des gens*, avaient convenu de se reposer quelque temps en menant une vie normale. Judith avait grand besoin de contact avec d'autres enfants de son âge, même l'école lui manquait. Eh oui, elle-même en était surprise. Elle

* Voir *Les enfants d'Ydris*.

n'aurait jamais cru s'ennuyer des devoirs et des leçons!

Espérant secrètement retrouver Max, Judith avait suggéré à son grand-père de s'établir dans la maison qu'elle avait habitée en 1989. À sa grande déception, elle ne l'avait plus retrouvée en 1996. Ils avaient décidé d'habiter «Les Horizons Perdus», un nouveau quartier résidentiel.

Quelques semaines suivant leur installation, ils étaient allés à une exposition de robots et mécaniques de tous genres, la plupart d'entre eux conçus par Gilbert Delacroix, père d'Olivier et de Mathieu.

Malgré les sept années écoulées, Mathieu avait immédiatement reconnu la fillette disparue dans une tornade et l'avait discrètement désignée à son aîné. Voyant Judith émerveillée devant un des robots miniatures, une version améliorée de celui que lui-même préférait lorsqu'il avait l'âge de Judith, Olivier lui en avait fait cadeau, disant être le créateur de ce modèle.

Prodigieusement intéressé, Barnabé avait invité Olivier au restaurant et pendant que Judith s'amusait avec son nouveau copain, lui et Olivier avaient parlé de science durant des heures. Ainsi était née leur amitié.

Barnabé sourit à ce souvenir. Son regard se pose sur l'horloge. Il a amplement le temps de faire un saut au labo et voir si Olivier n'est pas trop énervé avant que Judith ne soit de retour de son camp de vacances. Il songe à laisser une note à sa petite-fille au cas où elle arriverait plus tôt que prévu mais y renonce, se disant qu'il ne serait parti qu'une heure au plus et qu'au pis aller, elle avait sa clé.

Puis, balançant joyeusement son parapluie et saluant au passage ses concitoyens, il se dirige allègrement vers le laboratoire d'Olivier, sans remarquer la fourgonnette bourgogne qui roule très très doucement à sa suite.

Chapitre 4

Catastrophe

— Alors, chef, c'est pour bientôt? demande le sergent Lucas en déposant un café brûlant devant son patron.

Remettant au lendemain (comme il le fait depuis au moins dix ans) sa résolution d'en boire moins, Paul avale aussitôt une gorgée de café, tout en tendant à Lucas la photo qu'il contemple amoureusement en secret depuis des semaines.

— Qu'en penses-tu, Luke?

— Mm, une vraie beauté!

— N'est-ce pas? J'en suis l'heureux propriétaire depuis hier. Et dans deux semaines, bonjour la visite, Princesse et moi serons en route vers les Caraïbes!

Lucas éclate de rire.

— C'était donc ça! La photo dans le tiroir verrouillé à double tour, les conversations chuchotées loin des oreilles indiscrètes, les belles journées raccourcies de quelques heures... Un bateau! J'étais sûr que Princesse était cette jolie rousse qui...

— Luke, on devrait te laver l'esprit avec du savon! Comment as-tu pu penser une chose pareille? Dominique est pratiquement ma fille!

— Je sais, mais avoue qu'elle a drôlement embelli en vieillissant... Bon, bon, ne te fâche pas! ajoute-t-il en voyant Paul s'assombrir. C'est ta faute aussi. Pourquoi tout ce mystère pour un bateau?

— Superstition de marin peut-être. Faut bien que j'adopte les habitudes reliées à ma nouvelle vie. C'est idiot, je sais, mais j'avais peur qu'il ne se produise quelque contrariété si je parlais de mes projets avant que la vente ne soit finalisée.

— Elle a dû te coûter des sous, cette petite merveille!

— Si je te disais que mes économies de quinze ans y ont passé?

— Je te croirais sans peine. Tu as l'intention d'y aller tout seul?

— Où ça?

— Dans les Caraïbes, tiens!

— Pourquoi? Tu veux avancer ta retraite et m'y accompagner?

— Ce ne serait pas une mauvaise idée. Mais je ne pense pas que tu me trouverais très décoratif en bikini, plaisante le sergent en adoptant une pose supposément séductrice.

— En effet! sourit Paul en contemplant la silhouette en forme de poire se tenant devant lui.

Le téléphone sonne.

— Et voici la catastrophe! annonce sentencieusement Lucas.

— J'espère que non! répond Paul en décrochant le combiné. Allô!... **QUOI?** J'arrive!

* * *

Quelques minutes plus tard, la voiture de Paul s'engage dans l'allée menant au laboratoire d'Olivier. Ce dernier, aimant la tranquillité, a situé son antre de travail dans un coin de la ville peu fréquenté. Le policier n'a croisé qu'un taxi, un livreur de pizza et une fourgonnette bourgogne sur son chemin.

Une scène moins sereine l'attend toutefois à l'intérieur. Pas un coin de la pièce où il n'y ait un meuble renversé, des papiers épars, des éprouvettes et des fioles fracassées. Certaines exhalent des odeurs assez peu affriolantes, merci! Au beau milieu de cette dévastation, Dominique, très énervée, tente de soigner une vilaine coupure sur le crâne d'un jeune homme.

— Paul! s'écrie-t-elle en se jetant sur lui dès qu'elle l'aperçoit. Olivier a été enlevé!

— Il m'a l'air d'avoir opposé une résistance plutôt vigoureuse, constate Paul. Je pense qu'on peut en déduire qu'il a été capturé vivant.

Dominique se détache vivement de lui et le fixe en blêmissant à vue d'œil.

— Tu ne penses pas qu'on voudrait... le tuer?

— Mais non, princesse. Si c'était là le but, ce n'était pas la peine de lui laisser faire tout ce carnage. Je raisonnais tout haut. Excuse-moi de t'avoir effrayée. Tu me présentes ton copain?

— Je ne le connais pas, je l'ai trouvé ici en arrivant. Il a été assommé.

— Ici, dans cette pièce?

— Non, dans le stationnement. Il reprenait conscience, alors je l'ai soutenu jusqu'ici pour qu'Olivier m'aide à lui porter secours, et c'est en entrant que j'ai vu... que j'ai vu...

La voyant sur le point de fondre en larmes, Paul l'enlace affectueusement par les épaules et lui dit doucement:

— Ne t'inquiète pas, on va le retrouver, ton Olivier. Tu m'as appelé aussitôt?

Dominique fait un signe affirmatif.

— Tu n'as touché à rien?

— Seulement au téléphone.

— As-tu appelé quelqu'un d'autre? Gilbert? Mathieu?

— J'ai essayé mais je n'ai rejoint personne.

— Bon. Tu peux aller te reposer dans mon auto pendant que j'interroge monsieur.

— Non, merci. Si ça ne te fait rien, je préfère rester.

— À ta guise.

Paul se dirige vers l'inconnu et examine sa blessure.

— C'est assez profond. Il vaudrait mieux aller à l'urgence. Qui vous a fait ça?

— Je ne sais pas. Je n'ai rien vu, j'ai été frappé par derrière.

— Et votre nom, c'est?

— ...

— Eh bien?

— C'est idiot, je n'arrive pas à me le rappeler.

— Peut-être que vos papiers...

— C'est vrai!

L'inconnu fouille frénétiquement ses poches mais n'y trouve que de la monnaie.

— Zut! J'ai dû les perdre. À moins qu'on ne me les ait volés. Je ne trouve pas mon portefeuille.

— C'est drôle, j'ai l'impression de vous avoir déjà vu mais je n'arrive pas à vous replacer. Nouvellement arrivé dans le coin, peut-être?

— Je n'en sais vraiment rien.

— Vous souvenez-vous alors de ce que vous veniez faire ici?

Le jeune homme fronce les sourcils et fouille sa mémoire défaillante.

— Il y avait un vieux monsieur... et un parapluie. Enfin, il me semble.

— Un vieux monsieur et un parapluie?

— Je crois. Ce sont en tout cas les seules images qui me viennent à l'esprit.

— Ça te dit quelque chose? demande Paul à Dominique.

La jeune fille hausse les épaules et secoue la tête en signe d'ignorance.

— Bon. Où est le téléphone?

Dominique le lui pointe parmi les débris.

— Luke? appelle Paul. Je suis au 50, Dr Jekyll... Oui, c'est ça, au coin de M. Hyde. Enlèvement. Veux-tu venir tout de suite avec l'équipe des empreintes et photos? Je conduis un témoin à l'urgence et je vous rejoins... Merci. À tantôt!

Dominique l'ayant aidé à installer

le blessé sur le siège arrière de l'auto, Paul lui offre de la déposer chez elle.

— Non! répond subitement Dominique. Dépose-moi plutôt au journal. C'est plus près de l'hôpital et à ta place, je m'y hâterais.

Le policier jette un regard interrogateur dans le rétroviseur et voit le sang jaillir abondamment de la blessure.

— Oh! Comme tu dis!

Plaçant sur le toit de son véhicule un gyrophare amovible, Paul se hâte vers l'hôpital en faisant hurler la sirène, ne croisant que l'auto de ses collègues.

Chapitre 5

Entrevue avec le titan

— Vanessa?

La jeune secrétaire presse le bouton de l'interphone et répond:

— Oui, monsieur Langevin?

— Le jeune homme du *Babillard* attend-il toujours? demande son patron d'une voix où perce l'agacement. Manifestement, il aurait pu se passer de la visite du journaliste.

— Oui, monsieur. Et il semble installé pour attendre cent ans.

— Comment s'appelle-t-il déjà?

— Mathieu Delacroix, monsieur, l'informe-t-elle en adressant un sourire amical au reporter en herbe. Ils s'étaient autrefois chamaillés pour avoir l'attention d'Olivier, mais tout cela était de l'histoire ancienne.

— Bon, se résigne Langevin. Faites-le entrer qu'on en finisse. Je n'ai pas que cela à faire, moi, accorder des entrevues à des scribouillards.

— Bien, monsieur. J'ai bien peur, confie Vanessa à Mathieu en le guidant vers le bureau de son patron, que tu ne le trouves pas dans sa meilleure humeur.

— Étant donné les circonstances, un accueil à bras ouverts m'aurait grandement surpris, mais Steve insiste pour avoir son point de vue pendant que la nouvelle est encore fraîche. Mon éditeur croit fermement qu'il faut battre le fer quand il est chaud.

— Il aurait franchement pu envoyer quelqu'un d'autre!

— Eh oui, j'aurais préféré cela. Mais, vois-tu, il a pensé que de dépêcher le frère de son rival décontenancerait peut-être monsieur Langevin au point d'ébranler son proverbial sang-froid et de lui faire lâcher quelque réponse imprudente. Ça ferait un bon article, quoi.

— M'énerve, ton éditeur! souffle Vanessa en approchant de la porte du bureau. À voir les grands airs qu'il se donne, on croirait qu'il dirige le *New York Times*!

— N'empêche qu'il a peut-être visé juste dans ce cas-ci. Il est évident que ma présence irrite le grand manitou, sourit Mathieu avec délice.

— Et ça t'amuse, hein? Tous pareils, les journalistes! Des vautours, tous autant que vous êtes! s'indigne-t-elle à voix basse.

Vanessa aime bien son patron. Il est gentil à son égard et la paie bien, même si elle n'est qu'une petite étudiante qui remplace sa secrétaire, partie en voyage pour l'été.

Avant que Mathieu ait le temps de riposter à cette attaque surprise, elle ouvre la porte et annonce son arrivée à monsieur Langevin. Puis, elle s'éclipse discrètement, les laissant face à face.

Vingt minutes plus tard, Mathieu quitte monsieur Langevin avec un butin décevant. À part un éclair de haine à la vue de son visage, éclair fugitif qui avait fait frissonner Mathieu, Langevin s'était montré imperturbable.

Oui, il avait pris connaissance de l'article ce matin. Non, la nouvelle ne l'inquiétait pas outre mesure. Sa réputation était faite et il avait toute la confiance de sa clientèle, qui n'allait sûrement pas le trahir au bénéfice du premier venu.

Bien sûr, admettait-il, la découverte du jeune inventeur risquait de diminuer une partie de ses recettes, mais pas au point que son empire en souffre vraiment. Il fallait plus d'un visionnaire, génial ou non, pour lui briser les reins. Sans compter qu'il fallait se méfier des gadgets révolutionnaires. Souvent, ils présentaient des effets secondaires désastreux. Hélas, on s'en rendait compte lorsque le mal était fait.

Et même si l'attrait de la nouveauté lui enlevait plusieurs clients, cela ne saurait être que temporaire. Une fois leur curiosité satisfaite, ils reviendraient au bon sens et reconnaîtraient la vertu de ses produits.

Non, Planète Saine n'était pas près de s'effondrer. Il s'agissait tout au plus d'un dur moment à passer. Le titan de Bouquinville en avait vu d'autres et se considérait de taille à surmonter toute difficulté.

Mathieu, que l'air supérieur de Charles Langevin commençait à énerver, lui avait doucement rappelé qu'il avait suffi d'une pierre bien lancée pour abattre Goliath et qu'il avait peut-être tort de sous-estimer la force de David. À son grand étonnement, le directeur de Planète Saine lui avait alors souri et, lui ayant donné raison sur ce point, avait conclu qu'il s'en remettait à la Providence.

Vanessa redresse la tête au passage de Mathieu et lui adresse un regard inquisiteur. Une grimace éloquente du jeune homme lui signale que la stratégie de son éditeur a échoué. Elle replonge dans sa dactylographie avec un sourire triomphant.

Sur le point de sortir, Mathieu tient la porte ouverte à deux livreurs qui transportent un long tapis roulé. L'un d'eux, un jeune homme au visage angélique mais à l'esprit malfaisant et qui embête l'apprenti journaliste depuis la petite école, lui adresse un sourire sournois.

Redoutant quelque fourberie de sa part, Mathieu se précipite dehors et envoie une pelletée de jurons à la fourgonnette stationnée à quinze centimètres de sa précieuse Harley 1984. Le mur de béton limite le champ d'action. *Quel emmerdeur, ce Martin! Pas le choix, va falloir reculer!*

Exécutant la manœuvre avec lenteur et précaution (il tient à sa moto, un modèle de plus en plus rare), Mathieu parvient à éviter l'obstacle malicieusement posé là par Martin Janson et file chez son employeur pour lui remettre son compte rendu.

Chapitre 6

Portés disparus

— Grand-père? appelle Judith en laissant choir son sac à dos sur le parquet. Grand-père, je suis de retour!

Enfin! se dit Minute, qui s'active au moindre son. Qu'elles avaient été longues ces deux semaines sans son amie! Aux yeux de Barnabé, il n'était qu'un joujou, sophistiqué certes, mais désuet. Seul dans son coin, Minute s'était ennuyé à mourir. Étant continuellement animé par les bruits de la maison, il souffrait, conscient de son impuissance.

Il avait supplié Judith de l'emmener mais elle avait refusé, craignant un accident qui aurait pu endommager les circuits et les cellules ultra-sensibles de son compagnon. C'était trop dangereux pour lui, disait-elle.

En entendant la fillette courir et chercher son grand-père partout dans la maison, le petit robot trépigne d'impatience sur sa tablette. Il voudrait pouvoir sauter en bas et la rejoindre dans le couloir.

— Par ici! dit-il, bien qu'il sache parfaitement que sa voix ne parviendra pas aux oreilles de sa camarade à travers le vacarme des portes qui s'ouvrent et se referment.

Maudissant le fait qu'il ne puisse élever le ton pour attirer l'attention, (les Delacroix, père et fils, n'ont jamais vu l'utilité d'un robot qui crie) Minute s'assoit sur le rebord de l'étagère et attend que Judith entre dans sa chambre.

— Mais enfin, où est-il? s'exclame-t-elle en y faisant irruption.

— Sorti, l'informe son copain.

Judith se précipite vers lui, le prend dans sa main et dépose un baiser à la hauteur de son visage.

— Minute! Comme tu m'as manqué! Sorti, dis-tu? Où ça? Il savait pourtant que je revenais aujourd'hui!

— Aucune idée. Il a lu le journal et il est parti.

— Depuis ce matin? s'étonne Judith qui connaît les habitudes de son aïeul.

— À... dix heures vingt-deux exactement, précise Minute en consultant sa mémoire. Il effectue un petit calcul, retranchant automatiquement les vingt minutes de silence nécessaires à sa désactivation complète.

— Ce qui veut dire depuis plus de quatre heures! s'inquiète l'enfant. Il lui est sûrement arrivé quelque chose. Jamais il ne serait parti comme ça sans me laisser une note. Et puis, il y a cette présentation... Olivier saura peut-être me dire où il est!

Déposant son ami métallique près du téléphone, Judith cherche frénétiquement le numéro du laboratoire d'Olivier parmi les bouts de papier de Barnabé.

— Quel fouillis! Pour sa fête, je lui donne un répertoire électronique, c'est certain! Ah! le voilà!

— Sergent Lucas, répond une grosse voix au cinquième coup de sonnerie.

Interloquée, Judith fixe le combiné sans dire un mot.

— Allô! insiste la voix inconnue.

— Suis-je bien au laboratoire d'Olivier Delacroix? demande Judith d'une voix tremblante.

— Oui, ma belle! répond le sergent, radoucissant le ton devant l'effroi de sa jeune interlocutrice.

— Est-ce que je peux lui parler?

— J'ai bien peur que ce ne soit pas possible présentement.

— Mais c'est urgent!

— Je regrette, il n'est pas ici.

— Il a disparu lui aussi, c'est ça? questionne Judith avec appréhension.

— Lui aussi? Comment ça, lui aussi? Qui d'autre a disparu?

En entendant la confirmation de ses craintes, Judith laisse échapper un gémissement. Se gourmandant de sa bévue, Luke essaie d'en apprendre plus long.

— Hé! Fillette, tu m'entends? Tu es toujours là? Dis-moi qui tu es... Allô!... Allô!

Le regard vide, Judith raccroche. Elle n'a plus qu'une idée en tête.

— Il faut aller chercher Max!

— Qui est-ce? demande Minute, histoire de rappeler son existence à sa copine.

— Mon majordome, répond-elle d'une voix éteinte, en se concentrant sur la formule qu'elle n'a encore jamais utilisée sans l'aide de son grand-père.

— Majordome... Non, je n'ai pas cela dans ma banque d'informations. Qu'est-ce que c'est?

— Un domestique. Il s'occupe de ma maison.

— Mais...

— Oh, tais-toi à la fin! coupe Judith, ennuyée. Tu m'empêches de penser!

Ma foi, elle déraisonne! se dit Minute, vexé d'être repoussé alors qu'il allait fournir une objection logique. *Il n'y a jamais eu de domestique chez nous! Je l'aurais vu!*

Avant que Minute ait le temps de pousser plus loin ses réflexions, la fillette le soulève et le serre contre elle en récitant une formule dont elle lui avait souvent parlé mais à laquelle il n'avait jamais vraiment cru. Et c'est ainsi qu'ils se retrouvent dans une cave, un soir d'été 1989.

Chapitre 7

Réveil et oubli

Ficelé comme un saucisson, en-
roulé dans une épaisse moquette,
Olivier a peine à respirer. Mille
poings lui martèlent le crâne et il
lutte contre une nausée de plus en
plus envahissante.

Il n'a jamais pu supporter l'anes-
thésie. Cela le rend malade comme un
chien. C'est pourquoi il avait si désespérément tenté d'échapper au tam-
pon imbibé de chloroforme dont
étaient munis ses ravisseurs. Contrai-

rement à son cadet, copie presque carbone de lui-même en plus musclée, Olivier est du type intellectuel sans les lunettes. Ses activités sportives se réduisent à la pratique occasionnelle du vélo, de la natation et du tir à l'arc, rien qui soit d'un grand secours contre l'attaque de deux solides gaillards.

Bref, malgré sa fougueuse résistance, les kidnappeurs masqués avaient rapidement eu raison de lui et de son vieil ami.

Barnabé! Qu'ont-ils fait de Barnabé?

Olivier crie aussi fort que le lui permettent son bâillon et ses poumons privés d'air mais, soit que l'étau de fibres synthétiques étouffe le son ou que Barnabé soit en aussi mauvaise posture que lui, car son appel reste sans réponse.

Inquiet du sort de son compagnon d'infortune, Olivier oscille d'un côté et de l'autre. Doucement, comme s'il voulait se bercer, avec de plus en plus d'élan, il pousse sur la paroi du tapis qui l'entoure, espérant parvenir à se libérer.

Au bout d'une quinzaine de minutes, l'énergie du rythme aidant la poussée, ses efforts sont récompensés: la moquette se déroule. Victoire de courte durée. Les liens empêchent toute tentative de freinage. Olivier roule à la vitesse d'une météorite, s'écrase contre le mur et perd conscience.

* * *

Émergeant de son sommeil artificiel avec un grognement, le jeune amnésique trouvé au laboratoire porte la main à sa tête douloureuse. Ses doigts effleurent le pansement et il grimace au souvenir du coup qu'il a reçu.

Bien que le policier ne soit plus là, il referme les yeux un instant, cherchant à se remémorer ce qui a précédé l'agression. Quand il les rouvre, le joli visage d'une infirmière s'éloigne vivement du sien, avec l'air d'une écolière prise en faute.

Mal à l'aise devant le silence inquisiteur et le regard intense de son malade, l'infirmière lui dit avec un entrain quelque peu forcé:

— Et alors, monsieur Valérian? Comment se porte-t-on?

— Vous me connaissez? sursaute le patient.

— Allons donc! Vous vous moquez de moi! Tout le monde vous connaît!

— Tout le monde me connaît, moi? s'étonne le jeune homme, visiblement stupéfait. Et qui diable suis-je?

— Alexandre Valérian, bien sûr!

— Vous dites ça comme si j'étais une célébrité. Et pourtant, j'étais un parfait inconnu aux yeux de ce policier et de son amie. Non, c'est vrai, il disait m'avoir déjà vu mais il ne se souvenait pas où. Peut-être croit-il que je figure parmi ses photos de bandits.

— Ça ne m'étonnerait pas! Le monde est rempli de barbares qui snobent les téléromans! s'indigne l'infirmière.

— Dois-je comprendre que je suis acteur? sourit le malade devant l'ardeur de son admiratrice.

— Le meilleur!

— Et que je joue dans un roman savon?

— Le plus passionnant!

— Ah oui? Et ça traite de quoi?

— D'écologie.

— Tant mieux. Au moins, il est sans phosphate, ironise-t-il en fronçant les sourcils.

Il semble vaguement comprendre qu'un rapport existe entre cette remarque et sa présence ici. Mais le lien lui échappe. Maintenant lancée, l'infirmière continue:

— Vous y tenez le rôle d'un inspecteur en environnement, incorruptible bien sûr...

— Cela va de soi.

— ... en guerre contre le magnat d'une entreprise extrêmement polluante. Et il trame évidemment toutes sortes d'intrigues contre vous. Tenez, la semaine dernière...

— Oh! je vous en prie, laissez! plaide Alexandre. Avoir perdu la mémoire a cela de bon, poursuit-il avec un sourire sardonique, je peux me bercer de l'illusion d'être une vraie personne.

Gêné de s'être livré à une étrangère, Alexandre se détourne du visage insupportablement compatissant de l'infirmière en grommelant qu'il se sent fatigué et qu'il aimerait dormir.

— Bon. Si vous avez besoin de quoi que ce soit, vous me sonnez. Je m'appelle Mylène.

Son patient gardant un silence obstiné, elle sort sans bruit. Une fois seul, Alexandre regarde le plafond, fouillant vainement sa mémoire jusqu'à ce que le sommeil l'emporte de nouveau.

Chapitre 8

Peuple menacé

Yuan immobilise son vélo à l'orée de la clairière où danse Miada autour d'une pierre gravée d'une étoile. Il savait qu'il l'y trouverait. Cette pierre marque l'endroit où repose Touffe et l'ydrane a l'habitude de s'y réfugier chaque fois qu'elle se sent oppressée ou a besoin de solitude.

Le cœur serré, Yuan la regarde tendre des bras suppliants vers la terre qui recouvre son ami disparu. Il se garde bien de l'avouer, mais il s'ennuie parfois de ce lapin qu'il trouvait pourtant si incommodant.

N'empêche que cette période devrait en être une de réjouissance. À la prochaine lune, Miada et lui seront unis par Ydris dans le rite de la fertilité. La comète annonçant la naissance de la future prêtresse avait traversé le ciel une semaine auparavant. Miada ne devrait pas s'éteindre avant plusieurs siècles encore, il y a tellement de choses à enseigner à celle qui lui succédera.

Naturellement, le mariage de la prêtresse et de son élu est un événement de marque dans la communauté ydrane, comparable à une noce royale chez les humains. Tout le monde est de la fête et en anticipe le plaisir. Déjà les préparatifs vont bon train. Or, plus ils avancent, plus Miada sombre dans la mélancolie.

L'humeur étrange de sa compagne trouble profondément Yuan. Elle ne danse plus. Elle fixe un point à l'opposé de lui. *Regretterait-elle son choix?* se torture-t-il en s'approchant silencieusement d'elle. Il l'enlace tendre-

ment par derrière et ses doutes s'en-
volent aussitôt en la sentant s'abandonner contre lui.

— Qu'y a-t-il, Miada? Pourquoi es-
tu aussi chagrine?

— Ce soleil, murmure-t-elle en levant les yeux au ciel, il est de plus en
plus cruel. Ils approchent, frissonne-
t-elle malgré la chaleur. Tous les
jours un peu plus.

— Les humains?

— Oui. Écoute.

Ensemble, ils prêtent l'oreille aux
bruits, encore lointains mais
omniprésents, de l'expansion
urbaine.

— Il n'y aura bientôt plus de
place pour nous ici, Yuan. Bien avant
l'arrivée d'une autre prêtresse.

— Tu crois?... Ou tu sais? s'inquiète Yuan, terrifié à l'idée d'entendre une prophétie plutôt qu'un
sentiment personnel.

— Disons que j'en ai bien peur.

— Mais tu n'en as pas la certitude
absolue?

— Pas... absolue, non, le rassure-
t-elle en tentant de croire qu'elle a

73

peut-être mal interprété un secret qui lui a été révélé.

— Alors, il y a encore de l'espoir.

— J'envie ton optimisme, sourit Miada en se tournant pour lui faire face. J'ai vraiment l'impression que nos ans sont comptés, tu sais. Crois-tu que je devrais en faire part au Conseil?

— Surtout pas!

Miada s'étonne de l'opposition farouche de Yuan.

— Pourquoi donc? demande-t-elle en s'éloignant légèrement de lui pour mieux le regarder. Il nous a toujours sagement guidés.

— Parce qu'il y serait sans aucun doute décidé de remettre le rite à plus tard. Si tu as tort, nous devrons attendre un nouveau signe d'Ydris et nous aurons perdu un temps précieux. Et si par malheur tu disais vrai, raison de plus pour ne pas priver notre peuple de la dernière occasion de célébrer. Si nous sommes appelés à disparaître, rien ne nous oblige à renoncer à vivre le présent!

Sans mot dire, l'ydrane considère un instant le visage de son fiancé. Puis, à la grande surprise de Yuan, elle éclate de rire.

— Quel noble menteur tu fais, mon ami! Dis plutôt que tu meurs de peur à l'idée que je ne t'épouse plus.

Riant à son tour, Yuan s'incline de bonne grâce.

— Tu vois juste. Mais avoue que mon raisonnement tient debout.

— Oui, je l'admets. Je suis entièrement d'accord avec toi.

Main dans la main, ils retournent vers la bicyclette de Yuan, laissée à l'ombre d'un arbre de plus en plus fragile.

— Je voudrais bien que Ludwig soit ici! soupire Miada. Il passe beaucoup trop de temps chez les humains, si tu veux mon avis.

— Il cherche toujours la solution à ce trou dans le ciel qui nous menace tous. Tu ne vas quand même pas le lui reprocher. Il le fait autant pour nous que pour eux.

— Non, bien sûr. Mais je trouve qu'il y met bien longtemps. Cent lunes ont passé depuis qu'il en a découvert l'existence.

— Cent neuf. Et trente-deux depuis son dernier passage parmi nous.

— Tu vois? Toi aussi, tu comptes. Je me demande s'il n'étire pas son enquête exprès pour retourner làbas à tout bout de champ. Je n'aime pas ça. J'ai confiance en Max mais j'ai peur que les humains finissent par contaminer Ludwig. Il me semble un peu différent à chaque fois qu'il revient.

— Ludwig a toujours été différent, tu le sais. Sa personnalité s'affirme, voilà tout. Et puis, à ta place, je ne m'inquiéterais pas outre mesure. Après tout, conclut-il avec un clin d'œil complice, l'as-tu déjà vu manquer un festin?

Chapitre 9

Point de départ

Mathieu gare sa Harley à sa place habituelle dans le stationnement du *Babillard* et frotte de sa manche une tache microscopique sur le réservoir, révélée au hasard d'un rayon de soleil. En l'observant de l'entrée, où elle guettait son arrivée, Dominique sent monter en elle une furieuse envie de secouer son copain. A-t-on idée d'être aussi désinvolte en de pareilles circonstances?

— Tu l'astiqueras une autre fois,

ton satané bolide! hurle-t-elle dans son dos en accourant vers lui.

Mathieu sursaute et se tourne vers elle.

— Dominique? Qu'est-ce que tu fais ici? Ne devrais-tu pas être avec Olivier à cette heure? Il comptait sur toi pour les derniers préparatifs... Il s'est passé quelque chose! devine-t-il enfin en voyant les yeux rougis et boursouflés de son amie.

Un picotement soudain dans la gorge l'empêchant de parler, la jeune fille répond par un hochement de tête.

— Quoi? la presse Mathieu.

— Enlevé, s'étrangle Dominique.

— Au labo?

Nouveau signe affirmatif. Le journaliste en herbe n'hésite pas une seconde.

— Monte, dit-il en enfourchant sa moto.

Ignorant les ordres gesticulés par Steve à la fenêtre de son bureau, Mathieu réconforte sa copine d'un sourire en lui conseillant de bien s'agripper, puis la moto pétarade vers la rue Dr Jekyll.

* * *

Au condo 22 des Horizons Perdus, Ludwig croque une pomme en examinant Minute d'un regard où luit un brin de méfiance.

— Où sommes-nous au juste? s'informe Max en jetant un coup d'œil par la fenêtre panoramique du salon dans lequel ils sont apparus quelques minutes plus tôt.

— À Bouquinville. Nouveau développement, répond Judith, en style télégraphique afin de perdre moins de temps.

— Dis donc! Elle a poussé tout d'un coup, la petite ville! En quelle année sommes-nous déjà?

— En 1998.

— Ça parle au diable! Je ne m'y reconnais plus! Pourquoi n'es-tu pas revenue chez toi?

— Plus de maison. C'est devenu un centre culturel et sportif.

— Ah? s'étonne Maxime en se retournant vers elle. Et moi alors? Où est-ce que je figure là-dedans?

— Ah, ça, personne ne le sait vraiment. Toutes sortes de rumeurs circulent.

— Tiens donc! Comme?

— Eh! bien, rougit Judith, comme quoi tu te serais débarrassé de ta patronne pour mener la grosse vie avec son argent. Puis une fois à sec, tu aurais vendu sa maison avant de prendre le large.

— Charmant. Les absents ont toujours tort. Tu crois à ça?

— Bien sûr que non.

— Tu me rassures! Et toi, Microbe, me crois-tu innocent?

— Minute, corrige ce dernier, froissé du nom peu flatteur dont l'a baptisé Maxime, et plus encore du sourire qu'a esquissé Judith. Je ne vous connais pas personnellement, je n'ai aucune opinion sur le sujet.

Max hausse les épaules avec insouciance et se tourne vers son hôtesse.

— Et maintenant, dis-moi ce qui se passe de si terrible.

— Grand-père a disparu. Je suis sûre qu'il a été enlevé. Peut-être même...

— Allons, allons! l'interrompt Maxime avec reproche. N'imaginons pas le pire. Pourquoi crois-tu à un enlèvement?

— Parce qu'Olivier a disparu lui aussi.

— Bizarre mais...

— Ils étaient ensemble, c'est sûr! insiste Judith.

— Je veux bien mais ça ne prouve pas automatiquement qu'ils aient été enlevés. Ils ont pu être retenus quelque part ou avoir eu un accident. Ou l'un d'eux a eu un malaise et l'autre l'a conduit à l'hôpital. As-tu essayé l'hôpital?

— Non.

Maxime tend la main vers l'annuaire mais Judith lui empoigne le bras.

— Max, je *SAIS* qu'il se passe quelque chose de grave. Sinon, que ferait la police au laboratoire d'Olivier?

* * *

— Alors, les gars, avez-vous trouvé quelques empreintes? demande Paul une fois de retour parmi les débris du laboratoire.

— Des centaines! Je parierais ma chemise qu'elles proviennent de la victime et de son entourage immédiat, soupire le technicien devant l'ampleur de la tâche, probablement futile, qui l'attend. Par contre, nous avons détecté quelque chose d'étrange.

— Ah, oui? Quoi donc?

Le technicien lui tend un sac en plastique transparent contenant un grand nombre de fils.

— Qu'est-ce que c'est?

— Des fibres de tapis. Il y en avait plein! Curieux, il n'y a aucun tapis sur les lieux.

— En effet, convient Paul en fronçant les sourcils.

Au bout d'un instant, après avoir vainement tenté de préciser une idée vaguement reliée à ce sac, Paul le remet au technicien.

— Envoie-moi le rapport d'analyse dès qu'il sera prêt. Et dis que c'est prioritaire.

— Oui, chef.

Paul se tourne alors vers son sergent et note aussitôt son malaise.

— Luke, mon vieux, dis-moi quelle bêtise as-tu commise?

— J'ai pas fait exprès, c'est sorti tout seul! se défend Lucas en tripotant nerveusement son képi.

— Vas-y, soulage ta conscience, l'invite amicalement son supérieur.

Un peu honteux devant le regard moqueur de Paul, le sergent lui raconte sa gaffe au téléphone.

— La fillette ne s'est pas nommée?

— Hélas, non.

— Quel âge pouvait-elle avoir?

— Une dizaine d'années, je dirais. Si je me fie à la voix.

Paul réfléchit un instant.

— Judith! s'écrie-t-il en se frappant le front.

Avant que son collègue hébété n'ait eu le temps de réagir, Paul est déjà reparti.

Chapitre 10

Le roi philosophe

Fatigué de s'époumoner en vain, Barnabé se laisse glisser le long de la porte massive qui ferme sa prison. Elle donne sûrement sur une usine, car malgré l'épaisseur de la porte, le vieillard est perturbé par l'intensité du bruit.

Tonnerre de Dieu! peste-t-il intérieurement. *C'est cent fois pire que la musique de Judith! Pas étonnant que ceux qui travaillent ici soient tous sourds! En admettant qu'il y ait quelqu'un. Ces ma-*

chines infernales sont probablement contrôlées à distance par ordinateur, soupire le prisonnier. Supposition très peu éloignée de la vérité, comme il allait bientôt le constater.

Assis sur le sol, Barnabé médite sur sa position fâcheuse, tout en promenant ses yeux autour de la pièce dans l'espoir d'y trouver une issue. L'examen est vite achevé, l'endroit étant entièrement dépourvu de fenêtres ou de mobilier. La porte à laquelle il est adossé en est l'unique accès.

La source de clarté intrigue fortement Barnabé. Curieusement, elle ne se propage pas du plafond mais provient de rectangles formant une ligne pointillée horizontale à mi-hauteur du mur en face de la porte. Chaque rectangle mesure environ trente centimètres sur quarante-cinq et est encadré d'une myriade de tiges en métal. Il en émane une douce lumière diffuse.

L'effet est très rassurant. Sans le vacarme avoisinant, avec un bon lit, le vieil homme se sentirait même plutôt bien. N'ayant rien d'autre à faire, il plonge la main dans la poche de sa veste à la recherche de sa pipe et de sa blague à tabac.

— Ah, les assassins! Les vandales! bondit-il, hors de lui, en constatant le bris de son «calumet», comme l'avait nommé Judith lorsqu'elle lui en avait fait cadeau. Les... Les...

Barnabé cherche un mot assez fort pour donner la pleine mesure de sa fureur lorsque la porte s'ouvre brutalement, lui faisant presque perdre l'équilibre.

— Quelque chose ne va pas, monsieur...? s'informe poliment le président-directeur général de l'entreprise Planète Saine.

* * *

Quelques minutes plus tard, le vieil homme admire docilement tout ce que lui exhibe monsieur Langevin. Oh! il a bien essayé de s'enfuir mais un des robots opérant les machines lui a aussitôt bloqué le passage.

Barnabé a beau être âgé, il a encore toute sa tête. Il comprend vite la futilité de renouveler la tentative avant que ne se présentent des conditions plus favorables à son succès. Son «hôte» détient également Olivier et l'a prévenu que son jeune ami pourrait hélas souffrir d'un mouvement irréfléchi de sa part.

«L'invité» se soumet donc au caprice du maître des lieux, qui le guide à travers son domaine en dissertant sur les points qu'il juge d'intérêt.

— Comme vous le voyez, monsieur... comment déjà?

— Mitinski.

— ... Mitinski, ma main-d'œuvre se compose en grande partie de robots. Ils sont plus productifs, plus efficaces, moins onéreux, et plus assidus que des employés humains. Sans compter l'économie réalisée dans les cotisations d'assurance-chômage, maladie, accident de travail, etc... Ils ne sont pas distraits par des tracas extérieurs au travail. Bref, c'est ce qui me permet d'offrir des produits de qualité à des prix aussi compétitifs.

— Brillant. Mais ne privez-vous

pas ainsi vos concitoyens d'une bonne source de revenus? Ne contribuez-vous pas ainsi aux tracas dont vous parlez?

— Entendons-nous, j'emploie également beaucoup de personnel humain. Mais pas au niveau des travaux mécaniques. Ils œuvrent à un niveau plus élevé, créatif, responsable, gratifiant. Dans la publicité, l'étude des marchés, la vente, la réception, la distribution, l'inspection. Et évidemment, au contrôle des ordinateurs principaux. À mon point de vue, je rends service à l'humanité en agissant de la sorte. Je la respecte, moi. Je la considère au-dessus de ces tâches répétitives et ingrates qui engourdissent le cerveau au point d'en faire douter l'existence.

— Là, vous marquez un point. L'être humain mérite certainement mieux.

— Heureux de vous l'entendre dire.

— Reste que le fruit d'un labeur, aussi humble soit-il, apporte généralement plus à la dignité humaine que la plus généreuse aumône sociale. Enfin, j'ai été élevé selon ce principe.

— Loin de moi l'idée de le contester, mon cher Mitinski. Tout ce que vous avez sous les yeux est né de la sueur de mon front. Mieux que tout autre, je connais la valeur du travail. Mais nous abordons un autre siècle, mon bon ami. Un siècle où l'être humain devra apprendre à mieux disposer de ses capacités et de ses ressources. La machine est notre alliée. Elle libère l'homme des tâches ingrates, lui permet de mieux employer son temps. Laissons à l'humanité l'opportunité de donner ce qu'elle a de meilleur, en l'empêchant, lorsque c'est possible, de s'abrutir en répétant des gestes d'automate!

À bout de souffle, Charles Langevin met fin à sa tirade passionnée. Barnabé le dévisage avec un intérêt non dissimulé. Pour un peu, il oublierait qu'Olivier et lui sont des captifs. Le souvenir de sa geôle ravive sa curiosité.

— Dites-moi, monsieur Langevin, que sont ces rectangles lumineux dans la pièce où j'étais?

— Des rechargeurs.

— Pardon?

— Mes robots ne reçoivent pas de salaire mais ils doivent faire le plein d'énergie quotidiennement. Ce sera bientôt l'heure. Venez, je vais vous montrer.

Les machines s'éteignent, plongeant l'usine dans un silence bienfaisant. Les robots se rangent dans la pièce aux rectangles, chacun d'eux se plaçant devant une source de lumière. Puis, en reculant doucement, ils s'y imbriquent telle une pièce Lego dans une autre.

Chapitre 11

En haut, en bas

Hors d'haleine, Paul s'arrête au troisième palier des Horizons Perdus. Heureusement que le numéro 22 s'y trouve. *Ouf! J'aurais dû attendre l'ascenseur. Je n'ai plus vingt ans, moi!*

Une fois calmé, il enfonce avec insistance le bouton de sonnette. Un carillon harmonieux retentit dans l'appartement où rien ne bouge.

— Judith? appelle le policier en frappant à la porte. C'est moi, Paul! Si tu es là, ouvre!

La porte d'en face s'entrebâille, faisant tinter une chaînette de sécurité et une vieille femme souffle d'une voix aigrelette:

— Elle vient de partir, monsieur.

— Où? la presse Paul, en bénissant le Ciel qu'il existe des voisins fouineux.

— Je n'en sais rien. Elle vient tout juste de foncer en trombe dans l'ascenseur en compagnie d'un beau jeune homme et d'un tout petit garçon.

— Peste! s'écrie-t-il en voyant l'indicateur lumineux marquer le passage de l'ascenseur au rez-de-chaussée. Merci bien, ma bonne dame!

Il inspire profondément et s'engouffre à nouveau dans l'escalier. Suant et soufflant, il débouche sur le trottoir. Il a beau scruter les alentours, nulle Judith en vue.

Paul retourne à son véhicule et d'un geste rageur allume le contact, tout en mettant à jour son répertoire de jurons.

* * *

L'ascenseur dépose ses passagers

au sous-sol, où débouche un tunnel conduisant directement au métro. Ce facteur comptait beaucoup quand ils avaient choisi leur résidence, car Barnabé et Judith ne conduisent aucun véhicule. Ce système pratique leur permettait d'aller partout rapidement et sans geler en hiver.

À Bouquinville, on peut se rendre partout à pied en sortant des stations. Et l'adoption d'une loi limitant la consommation d'essence pour les véhicules privés avait amené plus de Bouquinvillois à utiliser le métro qui n'inspirait, tout récemment encore, que méfiance et dédain.

Serrant fort la main de Max, Ludwig absorbe autant d'images et d'impressions que le lui permet l'anxiété de Judith. Il doit presque courir pour suivre ses compagnons.

Ça alors! Il vit autant de monde sous la ville qu'au-dessus! Je n'aurais jamais pensé que les humains pouvaient respirer sous terre! Les ydrans aussi, s'étonnet-il en ne constatant qu'une légère oppression au niveau de la poitrine.

Judith et Maxime font halte à

quelque distance d'une tranchée que l'ydran se propose aussitôt d'aller examiner de plus près. Il n'a pas fait deux pas que Max, qui lui tient la main, le ramène d'un coup sec vers lui.

— Eh! toi! Reste ici! C'est dangereux de trop s'approcher.

Saisi par le comportement brusque de son ami, Ludwig ne dit mot et se détourne pour cacher les larmes qui lui montent aux yeux. De part et d'autre de la tranchée inoffensive en apparence, des gens se fixent avec indifférence.

— Où allons-nous? demande Max à Judith, trop préoccupé pour remarquer le chagrin de son petit copain.

— Aux Hauts-Hurlevents.

— Qu'est-ce?

— Un autre domaine résidentiel composé de condos, comme les Horizons Perdus. De là, nous traverserons à pied un terrain vague et arriverons rapidement au laboratoire d'Olivier, en évitant le centre-ville.

— Je vois. C'est long?

— En métro?

— Oui.

— Une dizaine de minutes. Pourquoi?

— Je n'aime pas tellement les tunnels.

Un bruit terrible s'élève et Ludwig s'accroche à la jambe de Max. C'est sûrement un duel de géants en armure se battant à coups de sabre! se dit l'ydran.

Plus le bruit approche et plus les humains s'avancent vers la tranchée, comme s'ils tenaient à être aux premières loges pour assister au combat. Ludwig a plutôt envie de prendre ses jambes à son cou.

Dans un déplacement d'air qui a sur le petit être l'impact d'un vent d'orage, une chenille monstrueuse fait son entrée à une vitesse fulgurante et s'immobilise en atteignant le bout de la station. Elle se divise en multiples compartiments, chacun muni de plusieurs portes qui s'ouvrent avec un son feutré et dégagent une forte odeur de caoutchouc chauffé.

Ludwig fronce le nez et Max le prend dans ses bras afin qu'il ne soit pas emporté par la cohue des passagers descendant du wagon dans lequel ils montent eux-mêmes. Les portes se referment et le métro s'ébranle.

* * *

Paul prononce son vingt-cinquième juron et se frappe le front en criant:

— Triple imbécile! Le métro!

Coupant le contact aussi sec qu'il l'avait allumé, il se rue à nouveau dans l'escalier, et court jusqu'à la station. À mi-chemin de l'interminable couloir, il entend l'arrivée du train.

— Ah, merde! Ce n'est vraiment pas ma journée! Pourvu que ce soit celui de l'autre côté! se dit-il, sans grand espoir.

Par un ultime effort de volonté, il parvient à courir un peu plus vite. Et débouche dans la station juste à temps pour voir Ludwig ravi et excité lui adresser de grands signes par la fenêtre avant que le métro ne disparaisse. *Ludwig! Max! Judith a dû aller les chercher. Mais où diable vont-ils?*

Exténué, Paul s'effondre sur un banc en se demandant pourquoi ces choses-là n'arrivent qu'à lui.

Chapitre 12

Lueurs

En s'appuyant péniblement le long du mur contre lequel il s'était assommé plus tôt, Olivier parvient enfin à se redresser. La tête lui fait tellement mal qu'il la prendrait entre ses deux mains... si elles étaient libres. Quant à ses membres, ils sont engourdis par les liens, et une lourdeur inhabituelle envahit son corps.

Avec un gémissement, Olivier ouvre les yeux. Cela ne fait aucune différence, l'obscurité de son cachot est si totale qu'il ne peut voir ses propres pieds.

Que se passe-t-il avec mes yeux? se demande le jeune inventeur en proie à la panique. *Une telle noirceur ne se peut quasiment pas! Même la nuit, on distingue des formes après un certain temps. Pourquoi ne vois-je rien? Qu'a-t-on fait à mes yeux? Oh! si je pouvais au moins les toucher!*

Combattant son angoisse, Olivier tend l'oreille mais il perçoit seulement un bourdonnement lointain. Découragé, il se laisse aller contre le mur et referme les yeux. Ça l'énerve moins.

Je me demande depuis combien de temps je suis ici? Fait-il nuit dehors? L'heure de ma présentation est-elle passée? Si oui, comment a-t-on justifié mon absence? Où est Barnabé? Que lui est-il arrivé? Et qu'adviendra-t-il de moi?

Le bourdonnement devient plus intense et s'arrête à la hauteur de la prison d'Olivier. Il ouvre les yeux et scrute les ténèbres. Une porte s'ouvre et la lumière du couloir l'éblouit, l'obligeant à cligner des yeux. *Dieu merci, je ne suis pas aveugle!* se réjouit-il.

Pas pour longtemps. Un androïde se dirige vers lui, un couteau à la main.

* * *

— Ah non, pas la presse! maugrée le sergent Lucas en voyant se pointer la Harley.

Quelques secondes plus tard, Mathieu et Dominique font leur apparition.

— Salut Luke. Et alors, on a trouvé une piste?

— Pas vraiment, répond le sergent avec prudence.

Il est décidé à ne pas gaffer cette fois-ci. Et avec les journalistes, moins on parle, mieux c'est. Bien sûr, celui-là est le frère de la victime mais sait-on jamais? Tout le monde sait qu'un vrai journaliste vendrait pratiquement son âme pour une primeur.

— Ça veut dire quoi, pas vraiment? Il y a des indices ou il n'y en a pas?

— Je ne sais pas. Faut attendre le

résultat des empreintes et de l'analyse.

— L'analyse de quoi?

Je lui dis ou je ne lui dis pas? C'est quand même son frère. Il a le droit de savoir. Et puis Mathieu, c'est un bon petit diable. Mais c'est aussi un journaliste, merde! Je ne sais pas si je devrais.

— Eh bien? s'impatiente le jeune homme.

— Des fibres, répond finalement Lucas, mal à l'aise.

— Des fibres de quoi? insiste sans pitié le reporter en herbe.

— Où est Paul? demande alors Dominique, au grand soulagement du sergent, trop heureux d'échapper aux questions de Mathieu.

— Parti voir une certaine Judith.

Dominique fronce les sourcils.

— Judith? Qu'est-ce qu'elle... Ah! mais oui, bêta! s'agite-t-elle. Ça se tient! Judith et Barnabé, le vieux monsieur et le parapluie, c'est sûrement ça!

Interloqués, le journaliste et le policier la regardent.

— Mais enfin, Dominique, de quoi

parles-tu? Explique-toi! presse Mathieu.

— Pas le temps! Je le ferai en chemin! réplique-t-elle en entraînant énergiquement son ami par la main.

— En chemin pour où?

— L'hôpital!

Chapitre 13

Le charmeur et le dragon

— Vous désirez? demande la garde aux deux jeunes gens devant le comptoir de la réception.

— Nous aimerions voir un patient qu'un policier et moi-même avons conduit ici il y a quelques heures.

— Je suis désolée, l'heure des visites est terminée depuis bientôt une demi-heure. Revenez vers dix-neuf heures, d'accord?

— Oh, je vous en prie! C'est très urgent! implore Dominique.

La détresse de la jeune fille émeut la garde-réceptionniste.

— Bon. Voyons ce qu'on peut faire. Son nom?

— Je ne sais pas. Il ne s'en souvenait pas.

— Ah, oui! L'amnésique. Il est au 211. Au deuxième. Attendez, je vérifie qui est de service... Oh! Oh! Mylène. Enfin, vous pouvez toujours tenter votre chance avec elle, mais à votre place...

Elle ne finit pas sa phrase mais sa mine exprime qu'elle doute fort qu'ils réussissent à amadouer sa collègue. Mathieu et Dominique la remercient et se dirigent vers l'ascenseur en se demandant quelle sorte de dragon se trouve là-haut.

Les portes de l'ascenseur s'ouvrent à quelques pas d'un mini-comptoir en demi-cercle, derrière lequel une jeune et jolie brunette classe des fiches.

— Ma foi, si c'est elle, la louve du deuxième, je suis prêt à l'affronter n'importe quand! souffle admirativement Mathieu.

Le regard noir dont le foudroie Dominique lui enlève vite fait toute trace de sourire.

— Nous ne sommes pas ici pour batifoler, lui rappelle-t-elle, les dents serrées.

— T'inquiète pas, je ne l'oublie pas. Mais on obtient souvent beaucoup plus avec le charme qu'avec la force, tu sais. Laisse-moi aller et observe.

Mathieu met le cap sur le comptoir et Dominique lui emboîte le pas en haussant les épaules. Mylène lève la tête à leur approche.

— Bonjour! dit chaleureusement Mathieu en lui décochant son sourire le plus séduisant.

— Bonjour, répond poliment l'infirmière, tout en restant de marbre en attendant tranquillement qu'il lui expose le motif de sa présence en ces lieux.

Visiblement décontenancé, Mathieu bafouille sous l'œil moqueur de son amie.

— Je... euh, nous aimerions nous entretenir quelques minutes avec... euh... le patient du... du... 211, c'est ça!

— Les visites se terminaient à seize heures, monsieur. Elles reprennent à dix-neuf heures. Revenez à ce moment-là. Au revoir!

Mylène replonge dans ses fiches.

— Il faut absolument que nous le voyions! C'est extrêmement important! insiste Mathieu.

— À moins que vous ne soyez policier et puissiez le prouver, il n'en est pas question. Mais vous ne l'êtes sûrement pas, vous l'auriez déjà dit.

— Euh... non, effectivement. Je connais très bien celui qui a amené le patient ici, par contre! Dominique l'accompagnait, précise-t-il en la désignant de la tête. C'est elle qui l'a trouvé assommé.

Ah! c'est elle, la barbare! se dit Mylène, en fusillant des yeux celle qui osait ignorer l'existence d'Alexandre Valérian.

Qu'est-ce que je lui ai fait, à elle? s'interroge Dominique, trop estomaquée par l'hostilité de ce regard pour répliquer. *On ne se connaît même pas!*

— Je ne vois pas en quoi cela vous donnerait droit à des visites privilégiées, remarque l'infirmière en revenant à Mathieu.

— La vie de mon frère en dépend peut-être! lance douloureusement ce dernier, renonçant à essayer de charmer un tel cerbère.

Le visage d'une fée compatissante remplace aussitôt celui du dragon.

— Oh! Je suis désolée mais je ne crois pas que monsieur Valérian puisse vous aider, il ne se rappelle de rien! On lui a fait tantôt une piqûre anti-douleur qui agit rapidement et profondément.

— Valérian, dites-vous? L'acteur?

— En personne, sourit la garde. *Lui au moins est civilisé.*

— Qu'est-ce qui l'a amené à Bouquinville?

— Hélas, il ne s'en souvient pas, pas plus que du reste.

— Peut-on aller voir s'il y a moyen de lui parler? S'il vous plaît! Juste une petite minute! Dominique a peut-être quelque chose pour réveiller ses souvenirs.

— D'accord, suivez-moi. Mais ça me surprendrait beaucoup qu'on réus-

sisse à le réveiller. L'effet de son re-
mède est très puissant.

Comme de fait, pas moyen de tirer
Alexandre de son sommeil artificiel.

— Je regrette, dit Mylène en se
tournant vers Mathieu, mais je ne
peux vraiment rien faire.

— Si! Vous pouve₂ faire quelque
chose!

— Quoi?

— M'appeler dès qu'il se réveil-
lera, dit Mathieu en griffonnant sur un
papier son nom et tous les numéros
où il peut être rejoint.

— Mathieu Delacroix, lit l'infirmière. Hé, n'êtes-vous pas ce journaliste qui travaille au *Babillard*? s'informe-t-elle avec un brin de méfiance.

— Oui, c'est moi. Mais le babillage
n'a rien à voir ce coup-ci, je vous le
jure! Vous m'appellerez?

Mylène le considère un instant.
Puis elle sourit et empoche le bout de
papier. La sonnerie d'un de ses ma-
lades retentit dans le couloir.

— Je vous appellerai, promet-elle
avant de courir à son chevet.

Chapitre 14

Trous malicieux

— Sergent Lucas appelle B-53. Vous me recevez, B-53? crépite pour la dixième fois la voix de Luke dans la radio du véhicule utilisé par son supérieur.

Paul, qui revient de la station de métro, a tout juste le temps d'ouvrir la portière et de saisir le micro avant que son sergent ne coupe la communication.

— Oui, Luke, je t'entends. Que se passe-t-il? Une autre bévue?

— Non, non. À vrai dire, je ne sais pas si c'est important, chef, mais...

— Dis toujours! soupire Paul en se redressant sur la banquette de l'auto.

— Mathieu et Dominique sont passés tout à l'heure.

— Rien de surprenant à ça.

— Non, mais ta demoiselle a eu un comportement très bizarre.

— Comment ça, bizarre?

— Elle m'a demandé où tu étais et quand je le lui ai dit, elle s'est agitée et a crié quelque chose comme: «Barnabé! Le vieux monsieur! Le parapluie! Ça se tient!» Et elle a littéralement arraché Mathieu du plancher en disant qu'elle lui expliquerait tout en chemin pour l'hôpital.

— Tonnerre de Dieu! Pourquoi n'ai-je pas fait le lien? Franchement, il est temps que je me retire! Mon cerveau ramollit!

— Ah! Tu y comprends quelque chose, toi?

— Oui, mais je t'expliquerai plus tard. Merci de l'information, vieux. Je me rends immédiatement à l'hôpital. Oh! tandis que je t'ai en ondes, ça avance là-bas?

— Ça achève même. Il ne reste qu'un petit coin à ratisser.

— Bien. Je veux que tu places un homme à la porte principale et un deuxième à l'intérieur, avec ordre de ne laisser passer personne. Compris? C'est une scène de crime, bon sang! Tout le monde n'a pas à y entrer comme dans un moulin!

— Ça inclut les deux jeunes, chef?

— Je ne pense pas qu'ils s'y remontrent mais si jamais ils le font, oui, ça les inclut. À moins que j'en avise autrement.

— Et les hommes, je leur dis de rester jusqu'à quand?

— Jusqu'à nouvel ordre ou jusqu'à ce qu'on les relève.

— D'accord, patron. À tout à l'heure.

— C'est ça.

La radio devient silencieuse. Sa drogue liquide commençant à lui manquer, Paul fouille dans ses poches et parvient à trouver le meilleur ersatz, un bonbon au café. Mais la guigne lui collant à la peau, il l'échappe dans

le caniveau situé sous la portière en-
trouverte. Et, comme de raison,
c'était son dernier. Levant les yeux au
ciel, il marmonne:

— T'as tiré mon numéro aujour-
d'hui, hein? Tu te crois comique, peut-
être? Eh bien, moi, je ne te trouve pas
drôle une miette!

La portière se referme avec un cla-
quement sec et cinq secondes plus
tard, Paul est en route vers l'hôpital.

* * *

Judith et ses compagnons arrivent à
proximité du laboratoire au moment où
Lucas transmet les ordres du patron à
l'agent de faction devant la porte.

— Pas même un chat! *Kapitch*?
entendent-ils.

— Oui, sergent! répond allégre-
ment le jeune constable, en se mettant aussitôt à balayer les alentours
d'un œil alerte et perçant.

Les amis s'aplatissent dans l'herbe,
heureusement très haute, du terrain
vague avant que son regard ne les découvre.

— Merde! Ça ne va pas être de la tarte d'entrer là! remarque Maxime.

— Nous allons marcher accroupis jusque là-bas, dit Judith en désignant l'autre bout du terrain. Il y a peut-être un accès de ce côté.

— Accroupis, accroupis, c'est vite dit, ma belle! Moi, je vais devoir ramper pour rester invisible aux yeux de ce garde-chiourme! bougonne Maxime.

— C'est vrai que tu es plutôt grand, constate la fillette comme si elle le voyait pour la première fois.

— Je vais aller voir, moi! propose Ludwig en la voyant se gratter la tête. J'ai l'habitude de me dissimuler, de me déplacer rapidement et sans bruit. Il n'y verra que du feu...

Sachant fort bien que Maxime va protester, le petit bonhomme détale aussitôt.

— Ludwig! Reviens ici! appelle Max aussi fort qu'il le peut sans attirer l'attention de la sentinelle.

L'ydran est déjà trop loin pour l'entendre. Ou peut-être s'y refuse-t-il tout simplement. Depuis le début de cette aventure, il a la pénible impression de n'être qu'un fardeau encombrant qu'on traîne, faute de pouvoir l'abandonner. Et on dirait que Max n'écoute plus que Judith.

Eh bien, qu'il s'énerve un peu! Ça va peut-être lui rappeler que j'existe... Pour une fois que ma petite taille peut servir à quelque chose! conclut-il, honteux de s'être laissé aller à la jalousie.

L'arrière du bâtiment où se situe le laboratoire est effectivement dénué de garde. Toutes les issues sont fermées, plusieurs cadenassées même. Toutes, sauf un mini-soupirail à ras de terre.

Ludwig entend les pas de Judith. Il se retourne et la regarde s'avancer vers lui, les bras tendus. Évidemment, elle cherche à le ramener vers Max, qui voudrait bien le rattraper mais ne peut espérer y arriver en rampant. Il attend qu'elle lui touche presque, puis, avec un sourire où perce un brin de malice, il disparaît dans l'ouverture trop étroite pour elle.

Chapitre 15

Intuition de journaliste

— Non mais, as-tu vu le regard qu'elle m'a lancé? fulmine Dominique. Si ses yeux avaient été des poignards, je n'aurais pas donné cher de ma peau! Et toi, tu fais le joli cœur, comme si de rien n'était! Avec un ami comme toi, une fille n'a pas besoin d'ennemis!

— Quoi? Qu'est-ce que tu dis? demande Mathieu, l'esprit ailleurs.

— Bof! À quoi bon te le répéter puisque, de toute évidence, tu t'en fiches éperdument?

— Mais non, mais non, proteste-t-il distraitement, ce qui augmente la fureur de sa compagne.

Mathieu, cependant, a d'autres priorités que la susceptibilité de sa copine.

— Écoute, Dominique. Si tu as l'intention de rester ici à tempêter comme une enfant gâtée, dis-le tout de suite, car moi je n'ai pas de temps à perdre avec tes sautes d'humeur. Et puis, je te ferai remarquer que, pour le moment, c'est toi qui oublies Olivier.

La jeune fille accuse le coup en rougissant, mais se calme instantanément.

— Tu as raison, j'agis en bébé. Excuse-moi.

— C'est déjà fait. As-tu eu un autre éclair de génie sur lequel baser nos recherches?

— Hélas, non!

— Dans ce cas, si tu n'y vois pas d'inconvénient, j'aimerais que nous passions par ton appartement.

— Mets-en que j'en vois! C'est le bordel chez moi! J'ai un peu négligé le ménage ces derniers temps.

— Hé! Dom! C'est à moi que tu parles! Ton ami de toujours! Celui qui sait que tu es partie de chez tes parents parce que tu en avais marre de te faire casser les pieds avec le désordre de ta chambre! Penses-tu que je ne sais pas que tu n'uses de M. Net que lorsque tu prévois recevoir de la visite? Ça n'a aucune importance, je n'irai pas inspecter le niveau de poussière, promis!

— Et pourquoi au juste veux-tu y aller?

— Pour y donner quelques coups de fil en paix. Si je retourne au journal, Steve va me mettre la main au collet et il n'y aura pas moyen d'en ressortir avant des heures. Chez moi, c'est sûrement la folie furieuse avec la disparition d'Olivier. Mes parents doivent être morts d'inquiétude.

— Leur as-tu parlé?

— Je n'en ai pas eu l'occasion, on court d'une piste à l'autre depuis que tu m'as appris la nouvelle!

— C'est vrai. Tu devrais les appeler. Ils cherchent sans doute à te rejoindre.

— Je vais commencer par eux.

— Et ensuite?

— Ensuite, on tentera de savoir ce que monsieur Valérian est venu faire ici.

— Quelle importance?

— Ris de moi si tu veux, mais mon instinct me dit que cela en a.

— Pourquoi? Que le hasard l'ait placé en présence de Barnabé, je veux bien. Sa remarque à propos d'un vieux monsieur et d'un parapluie nous donne lieu de le penser. Mais pourquoi la présence dans notre ville d'un obscur acteur serait-elle liée à l'enlèvement de ton frère? argumente Dominique, tout en se débattant nerveusement avec la jugulaire de son casque protecteur.

— Ah! Mais Alexandre Valérian n'est *pas* obscur, ma jolie! corrige espièglement Mathieu, en l'aidant à attacher la courroie récalcitrante. Il est la vedette d'une émission hebdomadaire très prisée du public.

Dominique hausse les épaules en faisant une moue dédaigneuse. Mathieu éclate de rire.

— Et je ne serais pas surpris, avance-t-il en lui effleurant gentiment le nez, que ton mépris t'ait valu les foudres de Mylène. Ses murs sont probablement tapissés de photos de Valérian, si j'en juge par sa déférence envers lui.

— Peuh! Tu peux bien parler, toi! Tu ne t'es pas entendu! «L'acteur?» raille-t-elle, extasiée. Tu la regardes, toi aussi, cette émission, avoue?

— Ça m'arrive d'y jeter un coup d'œil. Quand je passe devant la télé.

— Menteur! Je parie que tu y «passes» à toutes les semaines!

— Bon, bon, je plaide coupable! rit Mathieu. Elle est vraiment bien, cette série, tu sais. Pas mal plus de qualité que le roman-savon standard.

— Admettons. Mais même s'il est célèbre, votre type, qu'est-ce que ça change? Je ne vois toujours pas le rapport entre Olivier et lui.

— Monsieur Valérian tient le rôle du «bon» dans une série à thème écologique, vois-tu. Je t'accorde que ça n'a sans doute rien à voir avec l'enlèvement en tant que tel. Mais je trouve la coïncidence trop forte. Sa présence a sûrement un lien quelconque avec ce qui se passe ici, crois-en mon intuition! Ou fort possiblement, avec ce qui devait s'y passer...

Dominique, qui se sentait le cœur inexplicablement léger quelques secondes plus tôt, se rembrunit au sous-entendu de ces dernières paroles.

— Mathieu?

— Oui?

— Crois-tu que nous retrouverons Olivier indemne?

L'inquiétude assombrit brièvement le visage du jeune homme. Puis, se forgeant bravement un sourire, il affirme que oui avec une assurance qu'il paierait cher pour éprouver. Il dépose un rapide baiser sur ses lèvres pour la réconforter, et rabat vivement sa visière pour étouffer toute autre question pénible.

Dominique le regarde coiffer son propre casque et actionner sa moto comme si elle l'observait pour la première fois. Curieux, ils se connaissent depuis le carrosse et jamais elle n'a perçu en lui une telle force de caractère. *J'ai toujours vu Mathieu comme le pâle reflet d'Olivier. Et pourtant, ils sont aussi différents l'un de l'autre que le feu et l'eau. J'aurais dû me rendre compte que j'étais injuste. Mathieu est, dans son genre, aussi admirable que son aîné.*

Mathieu se retourne, interrompant les pensées de son amie.

— Prête?

— Oui, l'assure-t-elle.

Mathieu écrase l'accélérateur et Dominique se serre contre lui, espérant qu'un peu de son courage imprègne son cœur.

Chapitre 16

Le marché

Le tour du domaine terminé, Charles Langevin invite Barnabé à passer dans une petite salle de conférence. Le vieillard constate avec lassitude qu'elle est dépourvue de fenêtres.

— Asseyez-vous, monsieur Mitinski. Vous tombez de fatigue.

— Merci, ce n'est pas de refus.

En effet, Barnabé sent ses genoux plier sous lui. Avec gratitude, il se laisse tomber dans un fauteuil. Depuis quelque temps, il sent de plus en plus le poids des ans.

Au fond, la vie lui pèse, cette vie à laquelle sa petite-fille l'a ramené, souhaitant l'arracher à son destin. *Judith n'est qu'une enfant. Elle ne comprend pas encore la beauté, la grandeur qu'il y a dans la nature des choses. Bouleverser l'ordre établi est un sacrilège. On ne joue pas ainsi avec la vie et la mort. Si jamais je la retrouve, il faudra que je lui explique tout cela.*

— Tenez, buvez ceci, cela vous fera du bien, dit Charles en déposant une tasse de café odorant devant Barnabé.

— Merci.

— Et maintenant, passons aux choses sérieuses. Vous vous doutez bien que je ne vous ai pas... offert l'hospitalité, disons... dans le seul but de vous montrer ce que j'ai accompli.

— Évidemment.

— Et je suppose que vous savez également ce que j'espère obtenir de vous.

— La découverte d'Olivier, naturellement.

— Exact. Quelle est-elle?

— Je n'en sais rien.

— Monsieur Mitinski, vous êtes un homme raisonnable, intelligent et j'éprouve une grande sympathie à votre égard. Recourir à la violence envers vous me répugnerait sincèrement.

— Croyez bien que j'apprécie.

— Votre jeune ami, par contre, ne m'inspire aucun scrupule, poursuit Charles d'un ton qui fait frissonner Barnabé, malgré la chaleur du liquide qu'il vient d'avaler.

Aiguillonné par la haine et la rancœur, Charles se lève et se met à marcher de long en large, en ponctuant ses phrases de grands gestes.

— Je suis prêt à tout pour sauver mon entreprise! À *tout*, vous entendez? Cet empire, je l'ai pratiquement bâti de mes propres mains! Je suis parti de rien et j'y ai travaillé jour et nuit durant des années! J'en ai perdu ma femme et mes deux enfants! Mais j'ai réussi, monsieur Mitinski! Envers et contre tous! Croyez-vous vraiment que je vais aujourd'hui laisser un jeune blanc-bec, aussi brillant soit-il, ruiner ce à quoi j'ai consacré toute mon existence? Oh! non!

Barnabé se tasse un peu plus sur son siège en voyant Charles se pencher sur lui. Une lueur maniaque danse dans ses yeux et il sourit sauvagement en lui confiant:

— À la minute où je vous parle, un de mes androïdes le tient à la pointe du couteau. Il n'en tient qu'à vous d'éloigner cette lame de son corps.

Charles retourne à son fauteuil et retrouve son visage d'hôte civilisé.

— Et alors? On en sait un peu plus?

Barnabé déglutit.

— Écoutez, je comprends votre point de vue et je vous donnerais volontiers ce que vous voulez, mais cela m'est impossible.

— Pourquoi?

— Il s'agit d'une formule et je ne la connais pas. Olivier aime garder ses meilleurs effets pour la fin. Il m'a fait la démonstration de sa découverte et m'en a expliqué le principe, mais je n'en connais pas les données.

— Alors dites-moi tout ce que vous en savez. De quoi s'agit-il?

— Eh! bien, voilà! En résumé, pendant des mois, Olivier a étudié au microscope toutes sortes de contenants jetables à base de polypropylène, dont ceux de Planète Saine. À force d'expérimenter, il a découvert qu'en remplaçant une des composantes de ce matériau par un élément qui agit comme catalyseur, les contenants se décomposent rapidement et complètement dans l'obscurité, produisant un gaz recyclable et sans danger. Autrement dit, les grands consommateurs de contenants semblables, comme les restaurants de bouffe rapide...

— Ma principale clientèle...

— J'en suis conscient, monsieur Langevin. Ces restaurateurs n'auraient qu'à s'équiper de poubelles munies d'un récupérateur de gaz, que des recycleurs videraient régulièrement, pour utiliser les contenants modifiés et ainsi contribuer à la cause noble — et lucrative — de l'anti-pollution.

— Je suis ébloui! Quel dommage qu'une telle découverte ne puisse voir le jour! Je le regrette infiniment.

— Dans ce cas, pourquoi nous empêcher de la rendre publique?

— Parce qu'elle me ruinerait.

— Si je parvenais à convaincre Olivier de vous vendre sa formule, nous laisseriez-vous partir?

— Mieux que ça. Je ferais de vous un associé, monsieur Mitinski. Comme je vous le disais tantôt, je vous trouve sympathique et je me sens bien seul au sommet.

— Et Olivier? Me garantissez-vous qu'il aura la vie sauve?

Charles ne peut réprimer une grimace d'animosité. Il se maîtrise et dit:

— Vous avez ma parole. Je lui ferai une offre plus qu'intéressante.

— Alors, je veux bien tenter de le persuader.

— Je vous donne une heure.

— Une heure? Mais il m'en faudra beaucoup plus! Olivier est têtu et...

— Une heure, monsieur Mitinski. Si vous réussissez, vous serez riches et libres. Sinon, je devrai malheureusement vous éliminer aussi bien que lui. Je vais le faire amener ici et vous surveiller par caméra. Si vous tentez quoi que ce soit, je vous jure que vous n'en sortirez pas vivants. À bientôt, monsieur Mitinski. Et bonne chance!

Charles sort et verrouille la porte. Barnabé croise les bras sur la table et y enfouit la tête avec désespoir.

Chapitre 17

Les déboires de Ludwig

Ludwig atterrit sans bruit dans une cave qui s'étend à la grandeur du bâtiment. S'ajustant à la pénombre, ses yeux luisent encore plus qu'à l'accoutumée, semblables à ceux d'un animal nocturne. Bientôt, il y voit aussi clair que si la pièce était baignée de lumière.

Ce qui se présente à sa vue est plutôt insolite. D'après les films qu'il avait vus chez Max, il se serait attendu à y trouver des fioles pleines de liquides colorés et fumants qui transforment les gens en monstres lorsqu'ils les avalent. Au lieu de cela, une multitude de tablettes remplies de gobelets, d'assiettes, d'ustensiles et de contenants jetables après usage s'étalent d'un mur à l'autre.

L'ydran siffle doucement entre ses dents. *Eh bien, dis donc! On dirait qu'il se prépare toute une fête ici!* Fête égalant bouffe dans l'esprit de Ludwig, il ressent aussitôt un petit creux. Se souvenant qu'il cherche une façon de faire entrer ses amis et non de quoi se remplir l'estomac, le petit être fait taire sa gourmandise et examine soigneusement les alentours.

Un mince filet de lumière sur le mur opposé capte son attention. S'approchant pour en détecter la source, il constate qu'il y a là une fenêtre assez large, bizarrement placardée de l'intérieur. Un simple loquet retient la planche au châssis mais il est trop haut pour que Ludwig puisse l'atteindre. Cherchant un objet sur lequel il pourrait se hisser, l'ydran remarque qu'une des étagères se trouve à proximité. Et par chance, il n'y a pratiquement rien dessus. *Je me demande si elle me supporterait? Après tout, je ne suis pas tellement lourd.*

Décidant que le seul moyen de le savoir est d'essayer, Ludwig monte prudemment sur la première tablette et attend quelques secondes. *Bien. Elles ont l'air de tenir.* À moitié rassuré, il passe tout doucement à la deuxième. Celle-ci ne donnant pas non plus signe de vouloir céder sous son poids, il devient carrément téméraire et s'élance vers la troisième. L'étagère en tremble d'indignation et renvoie Ludwig au plancher. Un bocal rempli d'une fine poussière cristalline le suit dans sa chute, volant en éclats à quelques centimètres de lui.

Des pas lourds s'élèvent à l'étage au-dessus. *Les gardes! Il faut que je me cache!* La seule cachette à sa portée est une poubelle d'allure excentrique. Priant Ydris qu'elle soit vide, Ludwig saute dedans au moment même où la porte d'en haut s'ouvre et la lumière se fait.

* * *

— MIADA! Miada, qu'est-ce que tu as? s'affole Yuan en voyant soudainement sa compagne se tordre en se tenant le cou à deux mains, comme si elle combattait un étrangleur invisible.

Il n'y comprend rien. Elle était tout à fait bien il y a à peine une minute. Et voilà qu'elle étouffe et tombe en convulsions!

— Miada! Arrête! l'implore-t-il en lui saisissant les poignets, arrachant les mains de son cou.

— Lud... Ludwig! râle-t-elle. Il...

— Il est en train de s'asphyxier, c'est ça?

L'ydrane fait signe que oui en toussant à fendre l'âme.

— Je vais aller le sauver! décide aussitôt Yuan.

— Tu... n'arriveras jamais à temps, dit-elle d'un souffle avant qu'une nouvelle crise de toux ne la reprenne.

— Si. En utilisant le vœu de Shakra, j'y serai tout de suite.

— NON! s'étrangle Miada en s'accrochant désespérément à lui.

Le vœu de Shakra est une mesure extrême qu'un ydran ne peut employer plus d'une fois au cours de sa très longue vie. Quand le Créateur avait consenti à donner un corps aux étoiles Shakra et Ydris, pour qu'elles puissent venir sur Terre et fonder ce peuple, Il avait convenu avec elles que tous leurs descendants pourraient, grâce à un vœu, revenir à l'état céleste. Que ce vœu serait toutefois, même utilisé à d'autres fins, unique et irréversible. Et Il l'avait appelé le vœu de Shakra.

Aucun ydran n'y avait encore fait appel. Tous le gardaient pour le jour où ils n'auraient plus leur place sur cette planète. Et voilà que Yuan, qui avait encore des centaines d'années devant lui, voulait le sacrifier alors même que Miada sentait ce jour proche! Se condamner à une solitude peut-être millénaire. Non! Elle l'en empêcherait!

— Miada, il le faut! plaide Yuan en tentant d'échapper à son étreinte. Ludwig va s'éteindre! Et toi aussi! Je ne veux pas briller tout seul! Laisse-moi aller le sauver!

L'ydrane cesse de tousser et sa respiration redevient normale.

— Ce ne sera plus nécessaire, c'est passé maintenant, répond-elle d'une voix distante, en le relâchant.

— Tu veux dire... que c'est fini? Que Ludwig n'est plus?

— Je n'en sais rien. Il n'étouffe plus, c'est tout ce que je peux dire... Mais si moi je vis, c'est bon signe, non?

Du regard, Miada supplie Yuan de confirmer cet espoir.

— Oui, c'est bon signe, dit doucement ce dernier en la serrant contre lui.

* * *

— Ouf! Tu nous as fait une belle peur, moussaillon! s'exclame Luke avec soulagement, en voyant Ludwig ouvrir enfin les yeux.

Il lui a fait le bouche-à-bouche pendant une bonne dizaine de minutes et commençait à désespérer. L'ydran fixe un regard presque éteint sur son sauveteur et lui adresse un faible sourire.

— Que diable fabriquais-tu dans cette poubelle, dis-moi?

Ludwig frissonne à ce souvenir. Dès qu'elle s'était refermée sur lui, quelque chose d'à la fois immatériel et dense l'avait enveloppé de toutes parts, bouchant tous ses pores, l'étouffant lentement, cruellement, comme pour jouir plus longuement de sa résistance.

Il avait essayé de hurler mais l'ennemi invisible avait pénétré sa bouche, le privant de voix. Celle de Lucas, disant à un collègue que ce fracas était probablement l'œuvre d'un chat, lui était parvenue et les pas s'étaient ensuite éloignés vers l'escalier.

Pris de panique et cherchant désespérément de l'air, Ludwig s'était débattu, renversant la poubelle dont la trappe s'était retrouvée face contre terre. Les pas étaient revenus en courant vers lui. Il avait perdu conscience juste au moment où des bras puissants l'avaient tiré de sa prison.

— Es-tu venu ici tout seul? Il me semble que je t'ai déjà vu quelque part. Comment t'appelles-tu?

Ludwig essaie de parler mais sa

gorge n'émet qu'un râle. Lucas remplit un verre d'eau et le lui fait avaler en lui soulevant la tête.

— C'était écrit «Défectueux/Fuite» sur cette poubelle, sergent, dit alors le constable qui l'avait accompagné au sous-sol. Et elle avait une drôle d'odeur. Qui sait à quels produits chimiques a été exposé ce petit? On devrait l'emmener à l'hôpital.

— NON! hurle Max, repoussant brutalement le constable qui tentait vainement de les empêcher d'entrer, Judith et lui.

Arrachant des bras de Lucas son ami Ludwig, aussi mou qu'une poupée de chiffon, Max le serre contre lui et se tourne pour partir. Mais Paul, fermement planté dans l'embrasure de la porte, lui bloque le chemin. Et il n'est pas d'humeur à laisser qui que ce soit lui glisser à nouveau entre les doigts.

En se rendant à l'hôpital, Paul avait vu la moto de Mathieu arriver en sens inverse. Mais avant qu'il puisse l'intercepter, elle avait tourné dans une petite rue pour échapper à un contrôle de kilométrage où lui-même était momentanément coincé parce qu'il s'était trompé de voie. Depuis l'instauration de cette mesure, il existait, dans les grandes artères, une voie réservée exclusivement aux véhicules prioritaires, mais dans sa hâte, Paul s'était engagé dans la mauvaise. Le temps de manœuvrer pour en sortir, ses oiseaux avaient filé.

Las de chasser des fantômes, Paul avait décidé de reprendre son enquête sur les lieux du crime. Et voilà qu'il y retrouvait trois d'entre eux!

— Tiens, tiens, quelle surprise! L'un d'entre vous pourrait-il me dire ce qui se passe ici?

Chapitre 18

Mystères

— Mais qu'est-ce que c'est que ce fichu studio, bon sang? explose Mathieu en raccrochant violemment. Dès que je mentionne Valérian, tout le monde devient muet! À croire que la raison de sa présence ici est un secret d'État!

Dominique détache sa main aux jointures livides et la masse doucement entre les siennes.

— Décompresse un peu, voyons! Si nous nous énervons, Olivier n'est pas sorti du bois!

Mathieu sourit et prend une profonde inspiration.

— Là! C'est mieux, approuve Dominique. Et maintenant, faisons travailler nos méninges.

— Bonne idée.

— Cet acteur est lié au thème de l'écologie, dis-tu?

— Oui.

— Et il est très aimé du public?

— Je dirais même plus, adoré.

— Dans ce cas, serait-il possible qu'il soit venu dans un but publicitaire? À ta connaissance, est-ce qu'Olivier aurait pu faire appel à lui pour mousser son produit?

— Tu veux rire! Tu connais Olivier aussi bien que moi. Il aime produire son petit effet, bien sûr, mais lui et le marketing, tu sais... Approcher une vedette pour lui demander d'appuyer une de ses inventions, ce n'est pas du tout son genre.

— Oui, tu as raison. Je suis sûre que cette idée le ferait frémir.

— Ce serait dans la veine de Langevin par contre, dit Mathieu, l'air songeur.

— Le p.-d.g. de Planète Saine?

— Lui-même. Après tout, s'emballe Mathieu, qui détient le monopole des produits écologiques? Planète Saine! Qui est menacé par la découverte d'Olivier? Planète Saine! Qui a le plus intérêt à rallier le public à ses produits? Planète Saine!

— Et qui a le plus avantage à voir disparaître Olivier? conclut Dominique, ramenant Mathieu à la sombre réalité.

— Sapristi! Charles Langevin!

Le téléphone sonne. Dominique décroche.

— Allô?... Oui, un instant. C'est pour toi.

— Mathieu Delacroix à l'appareil... Comment? Il est déjà réveillé? Il avait l'air parti pour des heures!... Il veut nous voir tout de suite? Bon, on y va! Merci, Mylène.

* * *

— Luke, n'insiste pas! gronde Paul. Nous ne pouvons pas emmener Ludwig à l'hôpital, je te l'ai déjà dit!

— Oui, mais tu ne m'as pas dit pourquoi! Vous voyez bien qu'il n'est pas dans son état normal, ce petit! Il tient à peine debout, il est incapable de parler et il réagit à peine quand on s'adresse à lui. Nous ne pouvons pas le laisser ainsi!

— Tu ne comprends pas, Luke.

— Non. Mais si on m'expliquait, ça aiderait peut-être! grogne le sergent.

— Sortons d'ici. L'air frais lui fera du bien. Ça empeste, tous ces produits renversés!

Dans les bras de Maxime, l'ydran tourne péniblement la tête du côté de Paul et lui adresse un pâle sourire reconnaissant.

Ayant terminé leur travail, les techniciens quittent les lieux en saluant Paul de la tête.

— Vous étudiez ça immédiatement, n'est-ce pas?

— Oui, chef.

Paul renouvelle ses instructions aux deux constables qui restent sur place, puis se dirige vers sa voiture, suivi de Lucas, Judith et Maxime portant Ludwig. Voyant ce dernier respirer à plein poumons, Paul fait halte dans le stationnement pour lui donner la chance de récupérer.

Bientôt, les joues de l'ydran reprennent un peu de couleur et ses yeux retrouvent leur éclat naturel. Au bout de quelques minutes, il se met à gigoter et Max le dépose par terre.

— Qu'est-ce qu'il y a? s'inquiète Ludwig en voyant la stupeur se peindre sur le visage de ses amis. Qu'avez-vous à me regarder ainsi? Aaah! hurle-t-il en voyant ses mains. Je suis tout bleu!

Au grand étonnement des autres, Judith est prise d'un fou rire incontrôlable.

— Tu... hoquette-t-elle entre deux éclats, tu ressembles... à un schtroumpf!

Et elle repart de plus belle.

— Judith! Cela n'a rien de drôle! lui reproche Max en pouffant à son tour.

Perplexe, Ludwig les regarde rire aux larmes. Il s'approche de Paul, tire un pan de sa veste et lui demande:

— Paul, c'est quoi, un schtroumpf?

Il n'en faut pas plus pour que Paul

rie à son tour. Frustré, l'ydran se tourne vers Lucas, que la contamination n'a pas encore gagné.

— SCHTROUMPF! lui crie-t-il au visage, avant de se réfugier sur la banquette arrière de l'auto pour y pleurer à chaudes larmes.

Le sergent hésite un instant. Doit-il ramener ces trois fous à la raison ou consoler Ludwig? *Oh! Et puis, que le diable les emporte!* se dit Lucas en secouant la tête devant leur manque de sérieux. Il choisit de réconforter la petite âme en détresse.

Chapitre 19

Échec

Olivier se jette de côté pour éviter le couteau qui s'abaisse vers lui.

— Restez tranquille. J'ai ordre de vous détacher, l'informe l'androïde d'une voix monocorde. Si vous bougez, je risque de vous blesser.

La parole d'un robot ne pouvant être mise en doute, puisqu'il ne gagnerait rien à mentir, Olivier lui tend les poignets et se tient coi.

— Levez-vous, ordonne tout aussi

uniformément son geôlier, une fois les liens coupés.

Olivier voudrait obéir mais ses membres sont engourdis, il n'y arrive pas. Après trois tentatives infructueuses, l'androïde le soulève dans ses bras et le porte jusqu'à la salle de conférence, où il le dépose délicatement dans un fauteuil.

— Merci, vous êtes très gentil, lui dit Olivier.

L'être mécanique fige un bref instant, troublé par le vague souvenir d'un ancien maître. Puis, il salue imperceptiblement l'auteur de ce compliment inhabituel et quitte la pièce en verrouillant derrière lui. Barnabé se précipite aussitôt vers son jeune ami.

— Olivier! Que t'est-il arrivé? Tu as un pruneau sur le front!

— Barnabé! Dieu merci, tu es vivant! Ne fais pas attention. Je me suis cogné sur le mur, le rassure Olivier en se touchant le front.

— As-tu quelque chose de cassé? Pourquoi ce robot t'a-t-il porté jusqu'ici?

— Ne t'énerve pas. C'est juste

l'effet de la corde, ça va passer. Je commence déjà à sentir les fourmis s'en aller. Et toi? Pas trop mal en point? demande-t-il en se frottant les poignets.

— Je me porte très bien, merci. En fait, j'ai eu droit à un traitement privilégié de la part de notre hôte. Il semble s'être pris d'affection pour moi.

Olivier hausse les sourcils.

— Vraiment? Et qui est cet «hôte»?

— Charles Langevin.

— **QUOI?**

Olivier bondirait de son fauteuil s'il en était capable.

— Ah, le scélérat! s'exclame-t-il avec fougue. S'il croit pouvoir s'en tirer avec un enlèvement, il se trompe! Il a beau être milliardaire, il n'est pas au-dessus des lois! J'irai voir la police dès que nous sortirons d'ici et...

— Olivier! Calme-toi, veux-tu?

— Non, je ne le veux pas! Ce monstre envoie des sbires masqués qui cassent tout dans mon labo, m'enroulent dans un tapis et il me laisse étouffer pendant des heures dans un cagibi noir, ficelé comme un saucisson, menacé à la pointe d'un couteau, par un pauvre androïde qu'il a perverti. Et tu voudrais que je me *calme*?

— Bon. Maintenant que tu t'es défoulé, daignes-tu m'écouter?

— Excuse-moi, Barnabé. Tout ça n'est pas de ta faute. C'est l'énervement. Pardonne-moi.

— C'est déjà fait. Tu te sens mieux à présent? Nous pouvons discuter?

— Si tu y tiens. Mais je préférerais que nous cherchions un moyen de sortir d'ici.

— Il n'y en a qu'un et c'est justement de cela que je voulais te parler.

— Dans ce cas, j'ouvre grand les oreilles.

— Charles Langevin est, comme tu le sais, une des figures les plus connues dans le monde des produits écologiques. Sa réputation et celle de son entreprise ne sont plus à faire.

— Oui, oui, s'impatiente Olivier.

— C'est un homme aux idées nobles, patine Barnabé qui n'ose parler de la proposition de Charles de peur qu'Olivier n'explose de colère. Il aime beaucoup les robots. Je suis sûr que vous vous entendriez à merveille, dit-il en se mordant les lèvres.

Ces éloges à propos de son ravisseur font bouillir Olivier.

— Mais enfin, que t'a-t-il fait? Un lavage de cerveau? Te rends-tu compte que tu viens de dire trois faussetés en autant de phrases? Un homme qui a des principes n'enlève pas les gens qui contrecarrent ses plans. Un homme qui aime les robots n'altère pas un androïde, un être pacifique par définition, pour lui faire accomplir sa sale besogne. Je ne vois aucune raison de m'entendre avec ce bandit!

— Bon. Au fond, cela tombe bien parce qu'il ne t'aime pas non plus. Il importe peu que vous deveniez des amis. Seulement, cela aurait rendu l'inévitable moins pénible.

— Quel inévitable? demande Olivier d'une voix dure.

Barnabé le regarde d'un air désolé et soupire:

— Si nous voulons sortir d'ici vivants, il faut que tu lui vendes ta formule.

— Jamais!

— Il est prêt à t'offrir une fortune, tu sais.

— Il peut se la mettre où je pense!

— Olivier! Sois raisonnable, c'est notre seule issue! Tu n'entends pas fournir à la demande avec ton produit, n'est-ce pas? Tu n'as pas l'équipement nécessaire. Tu es un inventeur, pas un manufacturier. Il faut que tu cèdes la formule à quelqu'un, non? Alors pourquoi pas à lui? Personne ne pourra te faire une meilleure offre.

— Peut-être, mais je n'aime pas ses méthodes. Il aurait dû assister à ma démonstration et je me serais fait un plaisir de lui donner ma formule, comme à quiconque intéressé à l'exploiter.

— Comment? Tu voulais la donner? Mais tu es fou! Elle vaut des millions!

Olivier sourit d'un air étrange.

— Mon pauvre Barnabé. Je n'ai que faire de tout cet argent. Du moment que j'en ai assez pour vivre, cela me suffit. Et puis, si tu savais...

— Ne dis rien! l'interrompt Barnabé avant qu'il ne laisse échapper quelque secret utile à leur ennemi.

— Nous sommes surveillés, n'est-ce pas? devine l'idéaliste.

Le vieillard hoche affirmativement la tête.

— Alors écoutez-moi, Langevin! Jamais vous n'aurez ma formule, vous entendez? Je préférerais la donner à tous vos compétiteurs que de me souiller les mains avec un seul de vos dollars!

Barnabé s'abat lourdement sur une chaise.

— Oh! Olivier! gémit-il. Tu viens de signer notre arrêt de mort!

Chapitre 20

Alexandre se souvient

À l'entrée de Mathieu et Dominique, Alexandre se dresse brusquement sur son séant et en reste tout étourdi. Mille points noirs dansent devant ses yeux, brouillant l'image de ses visiteurs. Son front se perle de sueur.

— Holà! Du calme! le réprimande Mylène en l'adossant doucement mais fermement contre le haut du lit. Là, c'est mieux, non?

— Oui, merci, répond-il. Elle lui essuie le visage.

Il se présente:

— Alexandre Valérian.

— Mathieu Delacroix, dit Mathieu en lui serrant la main. Et voici Dominique Granger, ma copine.

Dominique incline la tête.

— Oui, je reconnais cette jeune demoiselle. C'est elle qui m'a secouru. Mylène m'a informé que vous étiez passés plus tôt. Vous lui avez parlé de votre frère qui était en danger. Je présume que c'est lui qui a été enlevé?

— Oui, répond simplement Mathieu, la gorge serrée.

— Nous croyons savoir qui est le vieux monsieur au parapluie, dit Dominique. C'est pour cela que nous sommes venus. Nous espérions que cela vous aiderait à vous souvenir.

— Oh, je me souviens de tout. Cela m'est revenu tout d'un coup et m'a réveillé. Mais je recommence à sentir l'effet de la piqûre. Aussi, je vous serais reconnaissant de ne pas m'interrompre à moins que ce ne soit vraiment nécessaire. Sinon, je risque de m'endormir avant la fin.

— Nous vous écoutons.

— Je ne sais pas si mes souvenirs vont vous aider. Je l'espère. Est-ce aujourd'hui que j'ai été assommé?

— Oui.

— Dans ce cas, je suis arrivé hier soir à Bouquinville. Je devais y tenir le rôle de vedette au cours d'une énorme campagne publicitaire pour les produits Planète Saine.

Dominique et Mathieu échangent un regard qui en dit long.

— D'habitude, je refuse ce genre de travail, poursuit Alexandre, mais mon agent a tellement insisté que j'ai accepté pour qu'il cesse de me casser les pieds. Je devais rencontrer monsieur Langevin cet après-midi. Peut-être devrais-je l'appeler?

— Je pense qu'il a d'autres chats à fouetter, marmonne Mathieu.

— Pardon?

— Rien. Continuez, je vous en prie.

— Dans cette ville, toutes les rues portent des noms qui font rêver. Comme j'avais quelques heures de liberté avant mon rendez-vous, je décidai d'en profiter pour visiter. En sortant de l'Hôtel Avalon, je me dirigeai vers l'arrêt de bus. J'aime bien me mêler aux gens incognito. Un vieux monsieur surgit d'une allée, *Les Horizons Perdus*. Il marchait gaîment devant moi en faisant tournoyer son parapluie.

C'est Barnabé, pensent Mathieu et Dominique.

— Il faisait beau soleil et on aurait juré que ce vieil homme traînait son parapluie pour manifester sa joie de vivre. Je ressentis soudain une forte envie de lui parler. Je pressai le pas pour le rejoindre, quand une fourgon-nette bourgogne me dépassa à toute vitesse et une main tendue par la glace ouverte arracha littéralement le parapluie des mains du vieillard, qui tomba à la renverse. La camionnette s'arrêta et deux hommes allaient en descendre mais, me voyant accourir, ils changèrent d'avis et repartirent en trombe.

Comment? sursautent les jeunes gens. *L'enlèvement de Barnabé était donc prémédité? Il n'était pas le fruit du hasard? Et pourquoi aurait-on voulu en-lever le vieillard?*

— Reconnaîtriez-vous ces hommes? demande Mathieu.

— Non. Je ne les ai pas bien vus, le soleil se reflétait sur un miroir et m'aveuglait.

— Dommage. Que se passa-t-il ensuite?

— J'aidai le vieil homme à se relever. Il n'avait aucun mal mais il était furieux. J'offris de le ramener chez lui mais il refusa énergiquement, disant qu'il devait se rendre de toute urgence chez un ami. Il semblait très inquiet. Je hélai un taxi et y montai avec lui. Bien que je fusse un parfait inconnu, il acceptait ma présence comme si elle allait de soi; à mon avis, il éprouvait de l'anxiété. Nous nous rendîmes à un laboratoire où travaille un jeune homme, qui vous ressemble beaucoup. La visite du vieil homme le ravit mais je vis que ma présence dérangeait, bien qu'il fut poli. Donc, pensant mon protégé en sécurité, je le saluai et me retirai. En ressortant, je vis la camionnette bourgogne s'engager dans l'allée. Le sang figea dans mes veines quand elle se gara. Je lus

le nom d'une firme de tapis sur la car-
rosserie.

Mathieu serre les poings.

— Soulagé, je m'éloignai en me
disant que les camionnettes de cette
couleur sont monnaie courante. Cela
me chicotait malgré tout et, voulant
en avoir le cœur net, je revins sur
mes pas. C'est alors que je reçus un
coup à la tête et que je m'écroulai. Je
n'ai pas vu mon assaillant et je ne
sais rien de plus, conclut-il avec un
énorme bâillement.

— Le nom de cette firme serait-il
Janson, par hasard? avance Mathieu.

— Oui! Comment le savez-vous?

— J'avais des raisons de le sup-
poser, dit Mathieu en songeant à
l'épisode de la moto. Merci, monsieur
Valérian. Votre récit nous éclaire.

— Tant mieux, répond Alexandre
d'une voix somnolente.

— Bon. Nous vous laissons vous
reposer.

— Oui, mais... promettez-moi... de
me tenir au courant?

— Comptez sur moi.

— C'est drôle, sans le connaître...

je l'aime bien... ce vieux monsieur. J'espère qu'il ne lui est pas... arrivé malheur, soupire Alexandre en glissant dans un profond sommeil.

Mylène abaisse la tête du lit. Dominique et Mathieu la saluent avec un sourire reconnaissant et s'en vont.

Chapitre 21

Le tableau se précise

Mathieu se dirige vers sa moto d'un pas énergique. Dominique le rattrape en courant. En quittant la chambre d'hôpital, la dureté de son regard l'avait clouée sur place. Plein de rage, Mathieu avait poursuivi son chemin sans se rendre compte qu'elle n'était plus à ses côtés.

Une fois à sa hauteur, elle lui saisit brutalement le bras, l'obligeant à faire volte-face.

— Mathieu, je n'aime pas du tout

ton air! Où comptes-tu aller comme ça?

— À ton avis, grimace-t-il méchamment, à qui devrais-je tordre le cou en premier? Charles Langevin ou Martin Janson?

— Oh, je t'en prie, cesse de dire des bêtises! Je comprends que tu sois en colère mais pensons au sort d'Olivier! Mon avis est que nous devrions raconter nos découvertes à Paul.

— Bien sûr, ma chère. Après.

— Non! Tout de suite! décide Dominique en lui enfonçant légèrement les ongles dans l'avant-bras.

— Aïe! tressaille Mathieu en recouvrant ses esprits. Tu as raison. Je réglerai mes comptes plus tard, dit-il.

Oh, la, la! Je ne voudrais pas être dans leurs souliers le jour où il leur mettra la main dessus! songe Dominique en montant derrière lui.

Quelques minutes plus tard, ils sont au poste de police, où un agent, un pote, les informe qu'ils trouveront Paul chez lui.

— Hé! les interpelle le policier.

Ils allaient ressortir.

— Oui? dit Dominique en reculant vers le comptoir.

— Rendez-vous chez le chef?

— Oui, pourquoi?

L'agent s'assure prudemment qu'il n'est pas observé et lui glisse une enveloppe en chuchotant:

— Pourrais-tu lui apporter ceci? Ce n'est pas dans les règles car les rapports ne doivent pas sortir d'ici, mais je sais qu'il apprécierait l'avoir au plus tôt.

— Compte sur moi, lui murmure la jeune fille en dissimulant prestement l'enveloppe sous son coupe-vent.

Ils échangent un clin d'œil en voyant le capitaine sortir de son bureau. Dominique court retrouver Mathieu qui l'attend devant l'entrée, retenant la moto.

* * *

— Allons, Ludwig, cesse de pleurer! supplie Maxime, qui s'en veut de ne pas avoir empêché sa mésaventure. Tu es vivant et bien portant! C'est ce qui compte, non?

— Regarde de quoi j'ai l'air! Les autres ne voudront jamais me reprendre, ils auront peur de moi!

— Si les ydrans ne veulent plus de toi, je te garderai, moi! Tu sais que rien ne me ferait plus plaisir.

— Mon cher Max! sourit Ludwig à travers ses larmes. Moi aussi, je t'aime. Mais je suis l'un d'eux! Je veux retourner chez mon peuple, tu comprends?

— Oui. Mais je suis sûr que tu t'inquiètes pour rien. Olivier va certainement être en mesure de t'aider.

— Sans doute, intervient Paul. Il faut d'abord que nous le retrouvions.

— Et mon grand-père aussi! lui rappelle Judith.

— Naturellement. Ils sont probablement ensemble.

— Tiens! Voilà les deux autres moineaux! annonce Lucas qui se tenait près de la fenêtre.

Il leur ouvre tout grand la porte avant même qu'ils aient sonné.

— Bob t'envoie ça, dit Dominique en remettant l'enveloppe à Paul, qui l'ouvre fébrilement.

Apercevant Maxime, elle pousse un cri de joie et lui saute au cou.

— Max! Que je suis contente de te voir! s'exclame-t-elle en lui ébouriffant les cheveux. Je savais bien que toutes ces rumeurs d'escroquerie étaient un tissu de mensonges! Je n'ai jamais douté de toi!

— Heureux de l'entendre! sourit radieusement l'ex-majordome.

— Quand es-tu revenu? Tu n'as pas vieilli d'un poil, ma parole! Comment as-tu fait pour rester aussi jeune?

Mais avant qu'il ne puisse répondre, le regard de Dominique tombe sur l'ydran.

— Ludwig! Que t'est-il arrivé? lui demande-t-elle, consternée.

Ludwig, qui venait à peine de se maîtriser, éclate de nouveau en sanglots. Dominique le prend dans ses bras et le serre contre elle.

Pendant ce temps, Mathieu s'est glissé derrière Paul et lit par-dessus son épaule le rapport d'analyse des fibres trouvées au laboratoire. Elles proviennent bien d'un tapis. En parcourant des yeux les données techniques, Paul se revoit soudain au volant de son auto, croisant aux abords de la rue Dr Jekyll une camionnette bourgogne. La lumière jaillit.

— Les Tapis Janson!

— Dans le mille! dit sombrement Mathieu.

Et il lui relate l'entrevue avec Alexandre ainsi que l'incident survenu plus tôt à l'entreprise Planète Saine.

— Luke, tu vas immédiatement aller chercher un mandat et saisir la camionnette Janson. Je veux qu'on la passe au peigne fin. Convoque Martin en tant que témoin important et garde-le moi gentiment au frais jusqu'à ce que je puisse l'interroger.

— Oui, chef! s'exécute aussitôt Lucas, heureux de pouvoir enfin agir.

— Et maintenant, dit Paul, occupons-nous de l'autre!

Chapitre 22

La marche des bourreaux

Affolée, Vanessa sort en courant du bureau de son patron et attrapant au vol son sac à main, se précipite vers la sortie, où elle se heurte à Mathieu qui ouvrait justement la porte.

Au conseil de guerre tenu plus tôt chez Paul, Mathieu avait reçu pour mission d'occuper Charles Langevin. Paul et Maxime tenteraient de localiser les prisonniers et les délivreraient. Le policier procéderait ensuite à l'arrestation du ravisseur, car sans preuves, il ne pouvait rien contre lui. Convaincre Martin de se confesser leur aurait coûté un temps précieux. Ils ne pouvaient se permettre de courir un tel risque.

Mathieu se retrouve une fois de plus chez Planète Saine. Dissimulés dans le stationnement, Paul et Max le surveillent à distance, attendant le moment propice d'apparaître. Les filles et Ludwig sont demeurés, bien contre leur gré, chez Paul.

Le regard terrifié de Vanessa glace le sang de Mathieu. *Oh, mon Dieu! Serait-il déjà trop tard?* s'interroge-t-il avec anxiété.

— Vanessa! Que se passe-t-il?

La jeune fille sursaute à l'appel de son nom et ses yeux enregistrent enfin l'image de celui qui lui parle.

— Mathieu! Que fais-tu ici?

— Je suis venu porter un message à monsieur Langevin.

— Non! N'y va pas! l'interrompt Vanessa. Il est devenu fou!

— Langevin? Comment cela? Explique-toi!

— Pas ici, je t'en prie! gémit-elle en

jetant un regard angoissé derrière elle pour s'assurer qu'elle n'est pas poursuivie. C'est trop dangereux! lui souffle-t-elle en l'attirant dehors.

— Vanessa, je ne peux pas partir! dit Mathieu en s'immobilisant au bout de quelques pas pour résister à sa traction.

— À cause d'Olivier?

— Sais-tu quelque chose à son sujet? L'as-tu vu? demande frénétiquement Mathieu en lui saisissant les épaules. Raconte vite!

— Il me restait quelques lettres à faire signer avant de quitter, alors je suis allée au bureau de monsieur Langevin. Je savais qu'il y était seul et, comme d'habitude, j'ai frappé légèrement et suis entrée tout de suite. Il ne semblait pas m'avoir entendue. Il me tournait le dos et regardait des écrans de surveillance en répétant sans cesse: «Imbécile! J'aurais pu l'avoir pour rien! Pour *RIEN*!» J'allais lui signaler ma présence lorsque j'ai entendu la voix d'Olivier. Il criait: «Jamais vous n'aurez ma formule!» Là-dessus, le patron a poussé un rugissement et a éteint l'écran d'un coup de poing. J'allais me retirer à pas de loup, avant qu'il ne me voie mais il s'est retourné. Oh! Mathieu, si tu l'avais vu! Il écumait! Mon visage a dû me trahir car il a deviné que j'en savais trop. Il me regardait comme s'il me voyait déjà morte, ça me donnait des frissons. J'ai lâché mes papiers et me suis enfuie en courant.

— Quel dommage! Tu n'as pas pu voir où était Olivier! Cela nous aurait facilité les choses!

— Je n'ai pas vu mais je sais où il se trouve.

— Dans quelle pièce?

— Dans la mini-salle de conférence. Je l'ai repérée grâce à la disposition des écrans. Je me suis très souvent amusée à les regarder quand le patron n'y était pas. J'ai vu s'effacer le petit point blanc sur l'écran qui donne sur cette salle. Je l'ai remarqué même si j'étais morte de peur.

— Vanessa, tu es un ange! Je vais aller informer mes amis de ce que tu viens de me conter. Toi, va à la police et envoie du renfort. Demande à parler au sergent Lucas, il est au courant de l'affaire.

— D'accord.

— Oh! fait-il tandis qu'elle enfourche sa bicyclette, pourrais-tu me situer la salle dont tu parlais? En me montrant la fenêtre, par exemple?

— C'est une pièce sans fenêtre. Au troisième, au bout de l'aile droite.

— Merci. Je te revaudrai ça.

— Sauvez Olivier de ce maniaque! C'est tout ce qui compte! répond Vanessa en s'éloignant comme si elle avait le diable aux trousses.

*   *   *

La main sur la poignée, l'androïde hésite. «Tue-les!» enregistre son cerveau. «*Non!*» résiste-t-il. L'ordre se répercute impitoyablement dans ses moindres circuits, rongeant la réticence à poser un tel acte.

Finalement, il entre dans la pièce où se trouvent Olivier et Barnabé. Répondant à la commande, il s'avance dans le but d'étrangler le jeune homme. Olivier le regarde avec sympathie. Le robot s'arrête à quelques pas de lui. Il dit:

— S'il vous plaît, aidez-moi.

Pendant qu'Olivier se laisse émouvoir par la supplication monocorde de leur geôlier, Barnabé s'élance vers la porte ouverte avec l'énergie du désespoir, et à la stupéfaction de son jeune ami, la referme d'un coup sec, la barricadant à l'aide d'une chaise solide.

— Barnabé! As-tu perdu l'esprit? Voilà notre chance de sortir et tu bloques notre seule issue!

— Ne comprends-tu donc rien? Ce fou a donné l'ordre aux robots de nous tuer! Tous n'auront pas les scrupules de celui-ci! Nous n'avons aucune chance de sortir d'ici sans croiser une armée! Notre seul espoir est de résister à l'assaut jusqu'à ce qu'on vienne à notre secours!

— Est-ce exact? demande Olivier à son nouvel allié.

— Hélas, j'en ai bien peur, admet le robot.

— Il doit bien exister une solution! Nous ne pouvons rester acculés comme des rats à attendre un secours qui ne viendra pas ou qui arrivera trop tard! s'exclame Olivier.

— Et que voudrais-tu faire? demande Barnabé, fataliste.

— Laisse-moi réfléchir! La salle des commandes! Il doit y avoir un centre névralgique d'où on contrôle tous ces robots!

— Oui, confirme Barnabé. Je l'ai visité tout à l'heure.

— Parfait! Dans ce cas, tu vas pouvoir m'y conduire. De là, nous les neutraliserons en éteignant l'ordinateur principal, triomphe Olivier, comme s'il s'agissait là d'une proposition toute simple à réaliser.

— Trop tard. Ils sont déjà à l'autre bout du couloir, l'informe Barnabé, après avoir vérifié en entrebâillant la porte.

— Allez-y! dit Olivier en se tournant vers l'androïde. Vous êtes l'un d'eux, ils vous laisseront passer!

— C'est loin. Je ne sais pas s'il me reste assez de pouvoir pour m'y rendre. J'ai beaucoup endommagé mes circuits en... ne vous tuant pas.

— Je sais, j'en suis conscient. Mais il faut essayer. Si nous sortons d'ici, je vous jure que je vous ramène avec moi. Et mon père vous remontera à neuf.

L'androïde incline la tête. Il sort, et Barnabé rebarricade derrière lui. Puis, il s'assoit à côté d'Olivier et lui serre la main. Le cœur battant, ils écoutent la marche des bourreaux.

Chapitre 23

État de siège

Charles replace discrètement une lamelle du store vénitien derrière lequel il a épié l'échange entre Vanessa et Mathieu. *Cette petite oie court sans doute alerter la police,* grimace-t-il avec mépris. *L'idiote va me priver du spectacle de ma vengeance. Mais n'espère pas y échapper pour autant, petit salopard! Toute la police du monde n'arrivera pas à te sauver, je t'en passe un papier! Oser me défier ainsi quand je t'offrais plus que tu ne le méritais! Tu as peut-être réussi à amener ma ruine, mais que le Ciel me foudroie sur place si je te laisse donner à d'autres ce que tu as refusé de me vendre!*

En passant devant la maquette qu'il a fièrement exhibée devant tant de clients, Charles fait une brève pause et la contemple une dernière fois avec regret. Sa haine envers Olivier s'attise encore plus et il se dirige résolument vers la salle des commandes.

Une fois à l'intérieur, il verrouille hermétiquement toutes les issues et s'installe devant l'ordinateur central pour transmettre ses ordres meurtriers à son armée mécanique. Dans un élan de sympathie envers Barnabé, qui ne peut désormais lui causer plus de tort que sa secrétaire, il ordonne aux robots de l'épargner, à moins qu'il ne gêne l'exécution de leur mission.

Une fois assuré que son message a été capté, il enfonce, sur un appareil téléphonique modifié à cet effet, un bouton rouge qui active le mécanisme d'un passage secret. Le cœur lourd, mais sans un regard en arrière, il s'y engouffre.

* * *

Dans le salon de Paul, Dominique marche de long en large. Assise de côté sur le sofa, Judith l'observe tout en asséchant l'épaisse crinière de Ludwig à l'aide d'une serviette éponge. Le schtroumpf malgré lui vient de tenter, sans grand succès, de dissoudre le bleu de son corps dans un bain chaud et savonneux. Judith a eu beau le frictionner vigoureusement à la débarbouillette, et même à la brosse, cela n'a donné aucun résultat. Mais cette occupation a calmé son anxiété.

— Dominique? demande-t-elle après quelques minutes de séchage.

Le jeune fille cesse de piétiner et se tourne vers ses camarades.

— Oui, Judith?

— D'après toi, pour quelle raison a-t-on d'abord tenté d'enlever grand-père? Cela me chicote. Je croyais qu'il s'était simplement trouvé là au mauvais moment. Si on se fie à l'histoire de monsieur Valérian...

— Oui, moi aussi, cela m'a surprise. Mais ensuite, j'ai pensé à deux choses.

— Ah, oui? Quoi donc?

— Premièrement, Langevin croyait peut-être que ton grand-père connaissait tous les détails de la découverte d'Olivier et qu'il lui serait plus facile de les soutirer à un vieillard apeuré qu'à un jeune savant idéaliste et obstiné.

— Toi, tu sais qu'Olivier est ainsi parce que tu le connais. Mais comment lui l'aurait-il su?

— Par Martin, peut-être, car il semble avoir joué un rôle dans tout ceci.

— Possible. Et ta deuxième idée?

— Il aurait suivi sa propre initiative, ou les conseils de Martin, et fait enlever Barnabé pour l'utiliser d'une façon ou d'une autre contre Olivier.

— Jamais grand-père ne ferait de mal à Olivier! Il l'aime trop! Il mourrait plutôt! Oh, gémit Judith en réalisant ce qu'elle vient de dire.

— Ne t'inquiète pas, dit Judith en lui pressant l'épaule. Je suis sûre que nos gars vont parvenir à les sortir de là.

— Dans ce cas, pourquoi t'énerves-tu à ce point? Tu as l'air d'une panthère en cage!

Feignant un calme olympien, Dominique s'assoit dans un fauteuil.

— Mais comment le savaient-ils? s'interroge tout haut Judith, en poursuivant le fil de son idée.

— Quoi?

— Langevin, Martin, comment savaient-ils qu'Olivier et grand-père étaient... je veux dire sont... des amis?

— Bof! Ils n'en fai... font pas un mystère, que je sache! On les voit partout ensemble! Dans une petite ville comme ici, tout se sait. Ce n'est pas encore assez grand pour que les rumeurs ne s'y propagent pas. Et puis, tu sais, c'est un duo remarquable, un jeune de vingt ans et des poussières et un aïeul qui dépasse les quatre-vingts.

— Grand-père n'est pas si vieux que cela! s'indigne Judith.

— Ah! non? En tout cas, il le paraît.

À cette remarque, le regard de la fillette devient lointain et elle cesse de frotter le crâne de l'ydran. Ce dernier lève la tête et observe l'expression chagrine de son visage.

— Ah, ça, ce n'était pas gentil, Dominique! Regarde, tu lui as fait de la peine!

Judith sursaute en entendant le doux reproche de Ludwig.

— Oh, non! proteste-t-elle vivement. Ce n'est pas Dominique qui m'attriste. Je viens de réaliser que grand-père a effectivement beaucoup vieilli ces derniers mois. Et c'est certainement de ma faute! Je l'ai négligé depuis que nous sommes revenus ici. Je n'ai pensé qu'à moi, à avoir des amis, à jouer avec Minute. Et lui, pendant ce temps-là, dépérissait sans que je le voie! Mais je vais réparer ma faute. Nous repartirons, dès qu'il reviendra! S'il revient... s'assombrit-elle, en attirant Ludwig contre elle.

L'attente se poursuit en silence.

* * *

Le peloton métallique fait halte devant la porte que fixent avec angoisse Olivier et Barnabé. La poignée tourne et la chaise encaisse sans broncher le coup d'une solide poussée. Les prisonniers respirent un peu.

Perplexes devant cette résistance inattendue et n'ayant reçu aucune directive à cet effet, les robots ne savent trop comment réagir.

— Qu'est-ce qu'ils fabriquent? demande Barnabé, après quelques minutes de silence total de part et d'autre de la barricade.

— Ils sont décontenancés, explique Olivier. Apparemment, on a négligé de les préparer à cette éventualité.

— Tu veux dire qu'ils n'attaqueront plus?

— Si nous essayons de sortir, ils vont nous couper en morceaux, oui! Tenteront-ils de forcer la porte? Je n'en sais rien. En tout cas, chaque minute perdue pour eux en est une de gagnée pour nous. Et pour mon androïde.

Une seconde poussée, plus puissante que la première, ébranle la porte. La chaise supporte vaillamment le choc. Nouvelle pause prolongée des exécuteurs.

Puis les poussées reprennent à une cadence régulière. Échangeant un regard, Olivier et Barnabé saisissent chacun une chaise par le dossier et attendent, décidés à vendre chèrement leur peau.

Chapitre 24

À l'abordage!

Grâce à l'indice de Vanessa, Mathieu, Paul et Maxime courent sans tarder vers la salle de conférence. Ils ne croisent absolument personne en chemin, ce qui ne manque pas de les inquiéter. Cette trop grande facilité d'accès ne leur dit rien qui vaille. Mathieu, qui éprouverait un énorme soulagement à envoyer son poing sur la gueule d'un adversaire, se sent particulièrement frustré.

La vue d'un groupe de robots

s'acharnant sur une porte freine leur élan. La porte ne résistera pas très longtemps à l'assaut. Les trois amis font halte à une distance prudente et délibèrent.

— Et maintenant, que fait-on? demande Mathieu.

— À ton avis, Microbe? consulte Max, en sortant de sa poche le mini-robot que Judith l'avait pressé d'emmener.

— Minute. D'après moi, le seul moyen est de tous les neutraliser.

— Comment?

— Par l'ordinateur central! s'écrie Mathieu.

— Exactement.

— Quelqu'un sait-il où est ce machin? s'informe Max, l'esprit toujours pratique.

— Merde! Je n'en ai aucune idée. Et toi, Paul?

— Jamais mis les pieds ici avant aujourd'hui.

— Mais je sais où aller regarder pour le trouver! s'exclame Mathieu, qui a une idée.

— Où ça?

— Sur la maquette du bureau de Langevin. Quand je suis venu cet après-midi, j'ai pu voir qu'elle était très détaillée.

— Bon. Allons-y.

— Hé! Minute! lance Max.

— Oui? demande le robot miniature.

— C'est à eux que je parlais.

— Ah.

— Quoi? Qu'est-ce qu'il y a? s'impatiente Mathieu.

— On n'a pas besoin d'aller là-bas tous les trois. Moi, j'aimerais mieux tenter autre chose pendant que vous explorez de ce côté.

— Qu'as-tu l'intention de faire?

— Puisqu'il n'y a pas de fenêtres, il faut forcément que l'air arrive de quelque part, dit-il en désignant une bouche de ventilation à environ trente centimètres du plafond. Je vais aller voir si on ne pourrait pas les délivrer par là. Alors, si vous aviez la bonté de me hisser jusqu'à ce grillage avant de partir, cela m'aiderait.

— Cela m'a l'air fichtrement étroit! remarque Mathieu en empoignant

Max. Es-tu sûr que tu ne vas pas y rester coincé?

— Au cas où cela t'aurait échappé, j'ai une taille de guêpe. Et j'ai énormément de pratique dans ce genre d'expédition, ajoute-t-il plus bas pour ne pas être entendu d'une oreille policière. Hé! Microbe! Serais-tu capable d'aller semer un peu de pagaille là-bas, histoire de les dérouter un peu?

— Je peux essayer. Et je m'appelle Minute, précise-t-il avec exaspération en se faisant déposer par terre.

Il s'éloigne vers la meute de géants tandis que Mathieu soulève Max, en s'étonnant de sa légèreté. Maxime donne des petits coups adroits à chaque coin du grillage puis, l'agrippant solidement par le milieu, l'enlève sans problème. Il le passe à Paul, s'accroche au rebord, et prenant le meilleur élan possible sans faire mal à Mathieu, se glisse agilement à l'intérieur du tuyau.

Sitôt Max disparu, Paul et Mathieu filent à toutes jambes vers le bureau de Charles.

Micro-circuits en compote et fils fondus, l'androïde paie cher sa désobéissance. Pratiquement vide d'énergie, il s'immobilise à quelques mètres de la salle des commandes.

— Je n'y arriverai jamais, désespère-t-il.

Mais l'image — et la promesse — d'Olivier s'imposent à lui et il se remet en marche avec un pénible grincement.

Minute s'arrête à quelque distance de la ligne ennemie et étudie la situation. Notant au dos des robots la présence de rectangles servant à leur alimentation, il se positionne vis-à-vis l'un d'eux, active sa fonction laser et vise le milieu du rectangle. Un mince rayon vert s'échappe de son index et frappe la cible de plein fouet.

Atteint, un robot interrompt sa poussée contre la porte défaillante et se retourne d'un mouvement brusque et irrité, tel un humain cherchant le moustique qui vient de le piquer.

Ravi du succès de sa manœuvre, Minute récidive plusieurs fois. Ainsi perturbé, le mouvement d'attaque des robots commence à manquer de cohérence.

Minute s'amuse follement. S'approchant un peu plus de la mêlée, il frappe de tous côtés en pensant au glorieux récit qu'il racontera à Judith.

* * *

En approchant du bureau de Charles, Paul tire son arme de l'étui et se colle à droite de la porte en faisant signe à Mathieu de se mettre à l'abri de l'autre côté. Il écoute pendant quelques secondes puis, n'entendant aucun bruit, il ouvre la porte d'un coup de pied et saute dans la pièce, revolver au poing, comme dans les films. Personne.

Se sentant un peu ridicule (un tel exercice étant rare à Bouquinville), Paul rengaine prestement en annonçant:

— Le chemin est libre, Mat. Tu peux entrer.

Tous deux s'avancent vers la maquette et l'examinent. C'est vrai que l'entreprise y est minutieusement reproduite.

— Là! s'écrie Mathieu, en pointant un endroit sur la maquette.

Paul note les coordonnées.

— Deuxième étage, aile gauche, première porte à droite. Pas loin d'ici. Allons-y, mon gars!

— J'espère que Langevin va y être! souhaite Mathieu en courant vers la salle des commandes.

— Pourquoi? halète Paul en le suivant de près.

— Parce que j'ai une forte envie de l'étrangler!

Chapitre 25

Sauvetage

Max rampe avec l'aisance d'une couleuvre, souriant à la pensée qu'il n'a rien perdu de ses «talents» en menant une vie honnête.

À seize ans, Maxime s'était enfui de chez lui et avait fréquenté pendant des années des artistes du cambriolage. Il avait appris tellement de trucs, arrivant même à surpasser plusieurs d'entre eux. Il s'était plu longtemps à mener cette vie, qu'il considérait plutôt comme un jeu. En s'établissant à

Bouquinville, il avait goûté aux charmes de la respectabilité (une existence stable, un cercle d'amis qu'il pouvait regarder sans honte) et avait choisi de se ranger.

N'empêche qu'en refaisant ses acrobaties pour la bonne cause, il s'étonne d'y prendre autant plaisir. Il avait oublié l'excitation du danger.

Il parvient enfin au grillage qui donne sur la salle de conférence. Après avoir vérifié la présence des deux prisonniers, Max glisse doucement à reculons et pousse sur le grillage de toute la force de ses bras tendus. Le rectangle s'abat lourdement sur le plancher, faisant tressaillir Olivier et Barnabé.

— Salut! leur dit Max lorsqu'ils découvrent la source du vacarme.

— Max! s'exclame Olivier. Je te croyais...

— Aux Bermudes en train de faire la grande vie, sans doute. Mais on bavardera plus tard. Cela vous dirait de fausser compagnie à l'amas de tôle qui essaie d'entrer? Par ici, la sortie!

* * *

— Mat, tu te fais mal pour rien. Cette porte ne cédera jamais à coups d'épaule, constate Paul en voyant le jeune homme se lancer pour la cinquième fois avec rage contre l'obstacle massif qui les sépare de la salle des commandes.

— Il nous faut absolument entrer! crie Mathieu, désespéré.

— Je sais. Mais nous n'y arriverons pas de cette façon.

— Je peux... aider, dit derrière eux une voix déformée comme si elle provenait d'un appareil radio aux piles épuisées.

Paul et Mathieu se retournent et voient la fumée fuser d'un androïde.

— Oh, la, la! Tu es sérieusement amoché, toi! siffle Mathieu.

— Amenez-moi... à la... porte. Vite.

Sans hésitation, les deux amis répondent à l'appel du robot. Ce dernier compose alors un mot de passe sur une boîte de contrôle munie de boutons lettrés.

— A, D, R, I, A, N... lit Mathieu.

À la dernière lettre, l'androïde fige, incapable de faire un mouvement de plus. La porte reste close.

— Adrian... Adriane! Le prénom de madame Langevin! s'écrie Paul. Rajoute un «e»! Vite!

Mathieu obéit. Sur la boîte, un voyant rouge s'éteint et un vert s'allume. Quelques secondes plus tard, la porte s'ouvre.

— Merci, vieux! souffle Mathieu à l'androïde avant de s'élancer à l'intérieur.

* * *

Devenu franchement téméraire, Minute frôle ses adversaires pour les frapper avec plus de vigueur à l'aide de son rayon. Mal lui en prend car l'un d'eux, sans même s'en rendre compte tellement Minute est minuscule à ses côtés, lui donne un coup de pied qui l'envoie se disloquer contre un mur.

Libérés de leur ennemi invisible, les robots retournent attaquer la porte avec ardeur.

* * *

Max a rejoint Olivier et Barnabé dans la salle assiégée et se prépare à hisser le jeune homme jusqu'à la bouche d'aération lorsque la porte cède. Barnabé se jette aussitôt sur les robots pour entraver leur approche. Le premier d'entre eux saisit le vieillard à la gorge.

— Barnabé! crie Olivier en faisant un mouvement vers lui.

Max l'arrête dans son élan.

— Laisse-moi! Ils vont le tuer!

— Non, regarde. Ils ne bougent plus.

— Il a réussi! sourit radieusement Olivier. Barnabé, mon androïde a réussi!

Au contact d'Olivier, le vieil homme s'effondre par terre.

— Barnabé!

* * *

— Nous avons réussi! Nous avons réussi! jubile Mathieu en voyant s'éteindre tous les ordinateurs.

Un quart de seconde plus tard, il étreint à l'étouffer son frère aîné.

Le secours demandé par Vanessa arrive sur les entrefaites. Barnabé, toujours vivant mais très faible, est transporté en ambulance à l'hôpital. Minute et l'androïde sont acheminés à l'atelier de réparation de Gilbert Delacroix, en compagnie d'un policier chargé de rassurer les parents sur le sort des garçons.

Les policiers sont divisés en groupes pour fouiller l'entreprise de fond en comble à la recherche de Charles Langevin, sous la supervision de Lucas.

Dans l'auto qui les ramène chez Paul, les deux frères se racontent avec animation leurs aventures. Maxime et le policier, quant à eux, échangent un regard sombre. Comment vont-ils annoncer à Judith les tristes conséquences de l'héroïsme de Barnabé et Minute?

Chapitre 26

Révélations

En entendant claquer les portières de l'auto de Paul, Dominique, Judith et Ludwig se lèvent d'un bond et courent à la fenêtre.

— Dieu merci, Olivier est sauf! s'écrie Dominique, s'élançant dehors pour l'embrasser.

— Et grand-père? demande Judith d'une voix étranglée en se tournant, désemparée, vers l'ydran. Où est grand-père?

Ludwig lui prend la main et la

presse contre sa joue. Les autres entrent.

— Où est grand-père? hurle alors la fillette avant d'éclater en sanglots.

Des larmes de sympathie roulent sur les joues de Ludwig. Max les serre tous deux contre lui.

— Tut, tut, mes petits. Il est à l'hôpital. Nous y allons tout de suite. Reste ici encore un peu, mon gars. Olivier va en profiter pour t'examiner. Je vais revenir dès que possible. Je ne peux pas laisser Judith toute seule, tu comprends?

— Et tu ne peux pas m'emmener dans mon état, renifle l'ydran. Oui, je comprends. Je vais t'attendre ici.

— Tu es chou, lui dit Max en l'embrassant tendrement sur le front. Viens, Judith. Barnabé t'attend.

* * *

— Je ne comprends pas! dit Olivier, après avoir écouté attentivement la narration de Ludwig. Il est impossible que cette couleur soit due à l'effet du gaz! Il est tout à fait inoffensif, je l'ai éprouvé des milliers de fois!

— Oui, mais Ludwig est d'une constitution différente de la nôtre, rappelle Mathieu à son aîné.

— Je l'ai expérimenté sur des végétaux sensibles et...

Olivier s'interrompt au milieu de sa phrase, soudainement songeur.

— Paul, aurais-tu, par hasard, ce microscope avec lequel tu étudiais les empreintes?

— Oui, pourquoi?

— Ludwig, aurais-tu objection à ce que je prélève un tout petit bout de ta peau?

Sans trop savoir ce qu'Olivier entend par cette phrase, l'ydran se méfie et se réfugie prudemment derrière le policier.

— Allons, viens! Je ne te ferai aucun mal, je t'assure! Seulement, j'ai besoin de cela pour vérifier la petite idée qui me trotte dans la tête.

Après quelque hésitation, Ludwig consent à sacrifier une parcelle de son épiderme. Olivier s'enferme dans le boudoir de Paul pour l'examiner. Au bout d'une quinzaine de minutes,

205

les autres l'entendent rire de bon cœur et se regardent, perplexes.

— Ce sont les cristaux! les informe joyeusement Olivier, en revenant au salon.

— Quels cristaux? interrogent-ils en chœur.

— Ce bocal que tu as renversé, Ludwig. Il contenait de la nourriture pour plantes.

— Et alors? demande sèchement Mathieu.

Olivier réagit à l'irritabilité de son cadet en lui lançant un regard perçant. Mathieu s'incline.

— Eh bien, voyez-vous, explique le jeune savant, Ludwig fait un genre de réaction symbiotique, si on veut...

— Grr! Parle pour qu'on te comprenne! rugit Dominique, que les termes scientifiques ennuient.

— Bon, je simplifie. Une symbiose est une sorte d'alliance, une union étroite entre différents organismes. Les ydrans vivent en communion avec la végétation qui les entoure, et je suppose qu'au fil des millénaires, ils ont fini par s'échanger quelques molécules. La peau de Ludwig présente des caractéristiques nettement végétales et c'est sans doute pourquoi il réagit ainsi au contact des cristaux de vitamines.

— Mais si c'est le cas, argumente Mathieu, pourquoi n'était-il pas déjà bleu quand on l'a tiré de la poubelle?

— Sans doute parce qu'il manquait un élément essentiel à la réaction.

— Lequel?

— Le soleil, mon cher. Ludwig est devenu bleu une fois dehors, si ma mémoire est bonne?

— C'est vrai, confirme Paul.

— Tout ce charabia veut-il dire qu'il n'y a rien à faire? s'impatiente Ludwig.

— Hélas, tu as parfaitement compris, mon pauvre ami. Mais il y a une consolation.

— Vraiment? Laquelle? bougonne l'ydran.

— L'effet n'est pas durable. Il va s'estomper de lui-même.

— Dans combien de temps?

— Ah, ça, c'est une autre histoire. Cela peut dépendre de plusieurs choses.

— Qu'est-ce que tu fabriquais avec cela? demande Dominique à brûle-pourpoint.

— Pardon?

— Cette nourriture pour les plantes, que diable faisait-elle là? Même une plante artificielle ne survivrait pas dans ton fichu labo! Alors veux-tu bien me dire à quoi elle te servait?

— Touché! sourit Olivier. Je suis sûr que si tu pousses ton raisonnement juste un petit peu plus loin, tu vas deviner tout de suite.

Dominique fronce les sourcils en signe de concentration. Mathieu, quant à lui, ouvre grand les yeux et s'exclame:

— Oh! C'est pas vrai!

— Quoi? **QUOI**? le presse Dominique.

— C'était donc cela, ton mystérieux agent catalyseur? Le fameux élément qui permet à ta vaisselle de disparaître? Vous vous êtes fait enlever pour cela?

Olivier rejette la tête en arrière et rit à gorge déployée.

— Grand-père! implore Judith en voyant Barnabé ouvrir un œil. Le docteur dit que tu n'es pas malade, juste un peu usé. Il faut que nous partions d'ici, grand-père! C'est ma faute! Nous n'aurions jamais dû rester aussi longtemps! Il n'est pas trop tard...

D'un faible geste de la main, Barnabé interrompt ce flot de paroles.

— Judith, arrête. Écoute-moi, s'il te plaît. Nous ne pouvons pas continuer ainsi.

— Si! proteste la fillette, les larmes aux yeux. Nous le ferons! Dès que tu iras un peu mieux.

— Je n'irai pas mieux, petite. Je n'en ai pas l'intention.

— Mais pourquoi? Nous sommes bien ensemble, non? Tu ne m'aimes plus?

— Ne dis pas de bêtises. Tu sais que je t'aime et t'aimerai toujours. Je n'en peux plus, Judy. Il faut que tu comprennes. Je suis revenu à la vie parce que tu l'as voulu. Mais moi, je ne l'ai jamais demandé.

— Tu m'en veux alors? Tu veux mourir pour me punir?

— Non, je t'en prie! Ne le prends pas comme cela! Oh! comment puis-je t'expliquer? Je suis las de défier le destin. Je ne dis pas que tu as mal agi, petite, en revenant me chercher. Je ne te juge pas, je sais que tes motifs étaient bons. Mais tout ceci va à l'encontre de toutes mes croyances, de tout ce que j'ai appris. Je ne devrais pas être ici. Ma vie a déjà été vécue et bien vécue. Et la tienne, Judith, ne devrait pas être empêchée. Être une femme emprisonnée dans le corps d'une petite fille n'est pas naturel, pas sain.

— Je ne suis pas...

— Judith, ne me mens pas! Croyais-tu vraiment pouvoir me le cacher?

La fillette baisse la tête sous le regard acéré de son aïeul.

— Je sais pourquoi tu as voulu revenir ici, poursuit-il d'un ton radouci, avec une lueur espiègle dans les yeux. Je présume que ce jeune homme est Max?

— Comment le sais-tu? questionne Judith en rougissant.

— Tu l'as appelé durant ton sommeil je ne sais combien de fois.

Maxime fixe avec étonnement son ex-patronne, qui se détourne, gênée.

— Là, tu vois bien que tout ceci ne peut pas durer. Combien de fois crois-tu pouvoir m'arracher à la mort? Et qu'est-ce que je deviendrais s'il t'arrivait malheur? Laisse-moi reposer en paix, Judy, et vis pendant qu'il en est encore temps. Repars avec lui. Tu n'aurais jamais dû le quitter.

— Mais, grand-père...

— Va, ma petite. Je ne changerai pas d'idée. Je vais dormir un peu maintenant. Revenez plus tard et emmenez les jeunes. J'aimerais bien leur dire au revoir... avant le grand sommeil.

Barnabé referme les yeux et s'endort aussitôt. Judith le contemple un instant, les lèvres tremblantes et les yeux brillants de larmes. Soulevant l'une des vieilles mains entre les siennes, elle en mémorise chaque ride et chaque veinure avant de l'embrasser. Max la regarde, la gorge nouée par l'émotion.

Au bout de quelques minutes, Judith relève bravement le menton, saisit la main de Maxime et l'attire sans bruit hors de la chambre. Ce n'est qu'une fois sortie de l'hôpital qu'elle laisse éclater son chagrin.

Chapitre 27

Délivrances

Une semaine plus tard, Barnabé n'est plus. Il est mort en riant, fort amusé de la révélation d'Olivier. Heureux aussi que Charles Langevin ait réussi à échapper aux recherches de la police.

— Au fond, avait-il dit au jeune inventeur, il est puni par la ruine de tous ses efforts.

Olivier était du même avis et avait prié Paul de clore l'enquête. Puisqu'il s'en était tiré indemne, il voulait se montrer magnanime.

Martin avait été très soulagé de la tournure des événements. Le jeune homme avait eu la peur de sa vie en écoutant Paul lui lire la liste des accusations auxquelles il aurait eu à faire face... si Olivier n'avait pas décidé de les laisser tomber.

Martin avait beau être un garnement, il n'était pas un criminel. Il avait accepté de participer à ce micmac parce que Charles Langevin l'avait assuré qu'il s'agissait d'une tactique publicitaire convenue entre Olivier et lui-même. Il n'en connaissait pas les détails mais on lui avait laissé entendre qu'il s'agissait d'un plan grandiose. Il n'aurait jamais cru... S'il avait su...

Debout dans le salon des Delacroix, Martin s'excuse auprès d'Olivier et le remercie de sa clémence. Malgré la sincérité de son ennemi juré, Mathieu préfère sortir. Les poings lui démangent toujours.

* * *

Assise à l'arrière de l'auto qui

ramène l'ydran, toujours bleu, à son peuple, Judith serre dans sa main une bille dont Mathieu lui avait fait cadeau quelques jours auparavant. Lui-même l'avait reçue de Miada lorsqu'il avait dix ans et l'avait précieusement conservée toutes ces années. Lorsque Judith lui avait appris le désir de Barnabé, il la lui avait donnée en disant:

— Max ira sans doute reconduire Ludwig à sa forêt. Accompagne-les et remets ceci à Miada. Dis-lui que je la lui envoie pour qu'elle exauce le souhait le plus cher à ton cœur. La fillette l'avait embrassé avec effusion.

Le ronflement du moteur s'éteint, tirant Judith de cet agréable souvenir.

— Déjà? remarque Ludwig avec appréhension. Il me semble qu'avant, c'était beaucoup plus loin.

— Oui, c'est vrai. La ville s'est étendue en peu de temps.

— Quelqu'un vient, les informe Judith en regardant par la lunette arrière.

Ludwig plonge prestement sous la banquette. Maxime descend de l'auto et sourit en voyant apparaître un vélo.

— Sors de ta cachette, mon gars! C'est Yuan! Miada est avec lui! Hé! les appelle-t-il en agitant les bras.

— Max! s'écrie Miada, toute excitée.

Sautant du vélo avant même qu'il ne soit complètement immobilisé, elle se jette affectueusement à son cou.

— Où est Ludwig?

— Salut Yuan, dit Maxime en réponse au sourire radieux de l'ydran. Notre ami est gêné de se montrer.

— Pourquoi?

— Il lui est arrivé un petit accident... Oh, rien de grave! les rassure-t-il vivement en les voyant pâlir. Seulement voilà, il est bleu.

Les tourtereaux échangent un regard stupéfait. Bleu?

— Allons, Ludwig, un peu de courage! dit Max en tapant sur la portière.

L'ydran se glisse timidement hors de l'auto. Ses deux amis le considèrent un moment, puis pouffent de rire.

— Ce que tu es drôle! dit Miada, en le serrant dans ses bras. Vas-tu rester ainsi?

— Olivier dit que non. Mais il

ignore combien de temps cela va durer.

— Regarde, Yuan. N'est-il pas mignon?

— Oui, très jolie teinte, approuve l'ydran. Pas très pratique pour se dissimuler toutefois. Mais nous lui trouverons bien une utilité.

Réconforté par cet accueil chaleureux, Ludwig sourit et embrasse Max et Judith avant de rejoindre les siens.

— Merci, Max, d'avoir ramené Ludwig à temps pour assister à notre union. Elle n'aurait pas été la même sans sa présence.

— Ah, ma chère, que ne ferais-je pas pour la plus jolie magicienne au monde? Je savais bien que vous finiriez ensemble.

Miada sourit et se retourne vers la forêt lorsque Maxime l'arrête.

— Hé! Pas si vite, ma belle enchanteresse! Judith a quelque chose pour toi, dit-il en poussant gentiment la fillette vers elle.

Intimidée par la beauté de l'ydrane et l'éclat presque intolérable de ses yeux, Judith s'avance lentement vers elle et dépose la bille de Mathieu dans sa main, en lui répétant son message.

— Et quel est ton désir?

Judith le lui murmure à l'oreille. Miada la contemple avec un sourire très doux.

— Va! lui ordonne-t-elle de sa voix musicale. Demain, ton souhait sera exaucé.

Les ydrans et les humains se saluent une dernière fois et se séparent.

* * *

Ce soir-là, Yuan et Miada écoutent le récit de Ludwig. Yuan raconte à Ludwig comment Miada avait failli étouffer au même moment que lui.

— Et cet imbécile voulait sacrifier le vœu de Shakra pour aller te sauver! Il serait sûrement arrivé trop tard!

— Le vœu de Shakra! s'exclame Ludwig. Je l'avais complètement oublié! Peut-être que *cela* aurait des chances de fonctionner!

— Mais de quoi parles-tu?

— Du fameux trou dans le ciel qui va assécher les lacs et détruire les forêts. Mes séjours chez les humains m'ont permis de voir qu'ils font de gros efforts pour l'empêcher de grandir. Mais ils ne peuvent pas le réparer. Nous avons peut-être ce pouvoir. Si, tous ensemble, nous utilisions le vœu de Shakra dans ce but, nous y parviendrions peut-être!

— Et pourquoi le ferions-nous? demande froidement Yuan.

— Mais... mais... bredouille Ludwig, décontenancé par l'attitude glaciale de son copain, tu étais bien prêt à le sacrifier pour moi! Que suis-je, moi, par rapport à toute l'humanité?

— Miada et toi valez plus que toute l'humanité réunie! explose Yuan avec passion. Oui, je l'aurais sacrifié pour vous deux! Une fois vous deux éteints, quelle différence pour moi entre être seul ici ou là-haut? Cela n'avait aucune espèce d'importance! Mais tu oserais demander à notre peuple de se sacrifier pour ceux qui détruiront notre forêt bien avant que ton trou n'en vienne à bout?

— Je ne croyais pas que tu les détestais à ce point, dit tristement Ludwig.

— Je ne les déteste pas, se calme Yuan. Excuse-moi de m'être emporté, je suis énervé ces temps-ci. Je sais, Ludwig, qu'ils ne sont pas tous méchants. Je suis même sûr que la plupart sont bons. Mais il faut que tu sois réaliste! Tu sais mieux que quiconque qu'ils ne pensent pas et ne penseront jamais comme nous. Ce n'est pas leur faute ni la nôtre, c'est ainsi et c'est tout. Ils ont été conçus différents et ce monde leur appartient plus qu'à nous. Il leur était destiné depuis le début. Cette planète a été créée pour eux et **nous** y sommes les intrus, même si nous y sommes arrivés avant eux.

— Oui, je veux bien mais, puisque le Créateur nous a permis de l'habiter à condition que nous la protégions, n'est-il pas de notre devoir de venir à son secours quand elle est menacée? plaide Ludwig.

— Non, mon chéri, le console doucement Miada, en approuvant son fiancé. Pas à ce point-là. Tu sais que le but de ce vœu est de nous permettre de nous éteindre dignement parmi nos ancêtres, une fois expulsés d'ici.

Une sorte de récompense pour notre bon travail. Toi qui aimes tant les humains, tu devrais comprendre que nous ne les aiderions pas en réparant le trou qu'ils ont fait.

— Pourquoi?

— Tout simplement parce qu'à part Max et une poignée d'autres, nul ne saurait que cela vient de nous. Ils penseraient alors que le danger s'est envolé de lui-même et se remettraient à polluer avec insouciance. Ce serait dommage, tu ne trouves pas, de les freiner dans leur élan vers le meilleur?

— Là, tu marques un point. Mais nos arbres, eux? Et nos animaux? Y pensez-vous?

— Oui. Nous resterons aussi longtemps que nous le pourrons, Ludwig. Il faut nous faire à l'idée que la fin est proche pour nous. Que ce sont *leurs* arbres et *leurs* animaux. N'est-ce pas, Yuan?

L'ydran lance un regard torturé à sa compagne et sort sans dire un mot.

— Mon pauvre amour! murmure Miada. Cela l'angoisse beaucoup, confie-t-elle à son petit frère.

— Il y a de quoi! frémit Ludwig. Tu n'as pas peur, toi?

— Non. J'ai toujours su que je serais la dernière prêtresse d'Ydris. Cela m'avait été révélé.

— Et tu n'en as jamais rien dit? s'indigne l'ydran. Tu aurais pu nous préparer!

— Pourquoi? Je n'ai jamais su le moment exact de la fin. Ou j'aurais pu m'être trompée, avoir mal compris. J'étais très jeune. Et puis à quoi cela aurait-il servi d'assombrir nos derniers siècles?

— Et aujourd'hui, sais-tu quand viendra cette fin?

— Pas précisément. Mais elle est proche, j'en suis convaincue. J'ai tenté d'en discuter avec Yuan mais il réagit toujours comme il vient de le faire.

— Si je comprends bien, le rite sera une fête d'adieu?

— Oui. Mais garde le secret. Mieux vaut être heureux pendant le temps qu'il nous reste. Allons, souris, frérot! Il faut avoir confiance. Moi, je crois que les humains peuvent très bien s'en sortir sans nous.

Un long silence suit ce verdict. Puis, la curiosité naturelle de Ludwig revient.

— Miada?

— Oui, Ludwig?

— Qu'est-ce qu'elle t'a demandé, Judith?

— Ah, ça, c'est un secret! sourit espièglement l'ydrane.

Chapitre 28

26 mai 2003

— Regarde, fiston! dit Maxime au bambin blond et bouclé qu'il porte dans ses bras. Tu vois cette étoile là-haut? Celle qui est aussi bleue que tes yeux?

Le petit garçon cesse de tirailler la moustache de son père et scrute la nuit.

— Oui! s'écrie-t-il, ravi, en tapant des mains.

— Eh bien, elle s'appelle Ludwig, comme toi! Nous sommes de grands amis, elle et moi. Elle nous suivra partout et nous protégera.

— Même si on va loin, loin, loin?

— Oh, oui! Elle a déjà fait beaucoup de chemin pour rester avec nous. N'est-ce pas, chérie?

Judith leur sourit et contemple, de la fenêtre de sa cuisine, le ciel du petit village anglais où Max et elle ont choisi de s'établir. Son regard reconnaît avec joie les étoiles jumelles brillant tout près de l'étoile bleue. Yuan et Miada, fusionnées pour l'éternité.

— Merci, Miada! murmure-t-elle pour la mille huit centième fois depuis la réalisation de son vœu.

L'enchanteresse avait tenu parole. Un soir, il y a cinq ans, Judith s'était endormie fillette et s'était réveillée femme.

— Et merci Mathieu! complète son époux en lui embrassant l'oreille.

— Max, tu me déranges. Tu vas me faire rater ma meringue. Tiens, va faire lécher cela par Ludwig, suggère-t-elle en lui en mettant un peu sur le bout du nez. Minute, veux-tu allumer la radio? C'est l'heure de mon programme favori.

— Microbe, corrige le robot miniature en obtempérant.

Maxime lui fait un clin d'œil et retourne à la huitième merveille du monde: son fils.

*   *   *

— Santé!

Assis dans une chaise longue sur le pont de Princesse, Paul lève un verre de punch vers le ciel des Caraïbes en hommage aux ydrans qui s'y trouvent. Il sirote quelques gorgées et respire les parfums de la nuit, puis il sort de sa poche deux enveloppes qu'il ouvre avec soin.

La première contient une caricature représentant Lucas aux prises avec ses nouvelles responsabilités de lieutenant. Au bas, une note griffonnée à la hâte:

«As-tu une cabine de libre? Je sens que je vais être mûr pour te rejoindre bientôt. Luke.»

Paul sourit. La deuxième enveloppe livre un faire-part. *Tiens, les deux moineaux ont fini par se décider!*

Vous êtes cordialement invité(s) au mariage de Dominique Granger et Mathieu Delacroix le 22 juillet 2003

Dominique et Mathieu? sursaute Paul, en laissant glisser la carte sur ses jambes. *Mathieu? Mais, il y a à peine un an, elle n'avait d'yeux que pour Olivier! Qu'a-t-il donc pu se passer?*

L'ex-policier, ayant appris au cours de sa carrière qu'il ne faut s'étonner de rien, hausse philosophiquement les épaules. *Bof! Je le saurai bien une fois là-bas. À ton bonheur, ma princesse!... Quand même,* se dit-il après avoir avalé une gorgée de punch, *je donnerais beaucoup pour savoir...*

* * *

— Mathieu! J'ai reçu une lettre d'Olivier! s'extasie Dominique en entrant en trombe dans le garage.

— Merveilleux! Qu'est-ce qu'il raconte? Veux-tu me passer la clé à molette, s'il te plaît? lui demande-t-il de dessous sa moto en étendant le bras.

— Mat, résigne-toi, tu n'arriveras jamais à remettre cet engin vétuste sur la route. Tu aurais beau le remonter au complet, il ne répondrait pas aux normes de la régie environnementale.

— Ceci n'est pas un engin vétuste! proteste le jeune homme en appuyant sur chaque mot. Tu sauras que cette motocyclette est une véritable pièce de collection.

— En plein ce que je disais. Elle est superbe et tout à fait à sa place dans un musée. Mais sur la route, oublie cela.

— Tu as peut-être raison.

Mathieu repose son outil par terre et se glisse vers Dominique. Elle éclate de rire en voyant qu'il est tout barbouillé de cambouis.

— Et alors? sourit-il. Qu'est-ce qu'il chante de bon, le grand frère?

Dominique déchire l'enveloppe avec précipitation.

— Oh! tu ne l'avais pas encore ouverte? Aimerais-tu mieux la lire toi-même? Si tu préfères, je peux aller me nettoyer et tu m'en liras ensuite les passages que tu veux.

— Je n'ai rien à te cacher, Mat!

— Je sais. Mais lui? remarque-t-il espièglement. Je reviens tout de suite. De toute façon, ce ne sera pas un luxe.

— Oh! pour cela, non! approuve Dominique en le toisant.

Mathieu se retire et Dominique déplie la lettre et commence à lire.

«Ma très chère Dom,

J'ai reçu votre faire-part et je ne manquerais pas cette noce pour un empire!...»

La jeune fille replie la lettre et la glisse dans la poche de sa blouse. Elle préfère la lire avec son fiancé, après tout. En compagnie de Mathieu, elle ne se sent jamais triste. Et elle sent surgir la nostalgie.

S'avançant vers «la pièce de collection», elle en caresse doucement le cuir et l'enfourche. C'est un peu cette moto qui lui avait fait découvrir qu'elle aimait Mathieu. La moto et le casque.

Elle avait mis du temps à comprendre! Quelques mois auparavant, elle ne pensait qu'à Olivier, n'existait que pour lui, ne voyait personne d'autre. Et puis, il avait vu cette annonce où l'on recherchait des scientifiques pour travailler sur un grand projet d'assainissement écologique dans un laboratoire spécialisé et ultra-moderne aussi grand qu'une ville... aux États-Unis. Aussi bien dire au bout du monde. Il avait à tout hasard envoyé son curriculum vitae et, à sa grande joie, on l'avait accepté. Tout excité, il était venu trouver son amie.

— Te rends-tu compte, Dom? Je vais me joindre aux plus grands cerveaux de la planète! Moi, qui ai tout juste vingt-six ans! C'est plus que je n'osais espérer. Je ne peux pas rater cette occasion! Épouse-moi, Dom, et nous partirons ensemble. Ce sera merveilleux!

Il l'avait enfin embrassée, elle qui en avait si longtemps rêvé. Son plus cher désir devenait réalité, mais elle ne ressentait rien de ce qu'elle avait imaginé. Où étaient passées les étoiles et la chanson au cœur? Le délicieux frisson qui...

Ah, mais quelle idiote! Elle l'avait éprouvé maintes fois, ce frisson, et elle ne l'avait pas reconnu. Lorsque Mathieu lui attachait son casque, lorsqu'elle se serrait contre lui sur son bolide...

C'est drôle, la vie! songe Dominique, en agrippant les poignées de la Harley. *On attend quelque chose durant des années et quand cela arrive, paf! on découvre que ce n'est pas cela qu'on voulait. Oh! Olivier, j'espère que tu ne m'en veux pas trop. Je t'aime encore beaucoup, tu sais.*

Naturellement, le jeune savant s'était vite rendu compte de la situation et l'avait acceptée de bonne grâce, partant vers la grande aventure américaine en compagnie de Robbie, l'androïde rescapé de Planète Saine.

En tout cas, se console Dominique, *il ne doit pas avoir le temps de s'ennuyer, c'est la première fois qu'il écrit.*

— Eh bien, l'as-tu lue?
— Non. Je t'attendais.

Mathieu sourit et lui donne un baiser furtif.

— Vas-y alors. J'ai hâte de savoir ce qu'il fabrique.

— Bon. Il a reçu notre faire-part et il y sera. Je continue.

«*Tu as bien fait, en fin de compte, de ne pas m'accompagner. Je ne crois pas que tu te serais plu ici. Nous avons très peu de contact avec l'extérieur. Et il n'y a aucun magasin à des kilomètres à la ronde, on nous livre tout par camion. Nous habitons sur le site même du laboratoire, qui est d'une immensité dépassant l'imagination. Rien à voir avec mon petit labo. Mais j'avoue qu'il me manque parfois.*

Pas souvent toutefois car notre travail est vraiment fascinant. Je ne t'embêterai pas en te le décrivant, je connais ton horreur de la chimie. Mais ce que je trouve formidable, c'est de me retrouver parmi tant de gens avec qui je me sens sur la même longueur d'onde, bien qu'ils viennent d'un peu partout.

Tu te souviens, Paul m'avait dit, il y a longtemps, qu'un grand cerveau était souvent bien seul? Il avait raison, tu sais. Ici, j'ai fait la connaissance de plusieurs d'entre eux et tous ont souffert de cette terrible solitude. Ils sont vraiment extraordinaires et je me sens très bien parmi eux. Même si la plupart d'entre eux sont pas mal plus vieux que moi.

Bon, Robbie veut t'écrire (je lui ai appris) alors je lui cède la plume.»

Dominique sourit devant l'écriture maladroite:

«*Chère Dominique, telle que promi, je prans bien soin d'Olivier. Il déjeune rarement mais je vois à ce qu'il menge ses deux autre repas. Il pensse beaucoup à vous. Moi aussi. À bientôt!*

Oui, bon, je vois qu'il y a encore du travail sur la planche à propos de son orthographe mais cela viendra. Embrasse Mat pour moi. Je suis sûr qu'il va préférer cela venant de toi. Je vous aime,

Olivier

P.S.: Oui, Dom, il y a des femmes ici mais aucune aussi jolie que toi. Quoique...»

— Quoique?

— Je ne sais pas. Il s'est arrêté là.

— C'est bien lui. Il a toujours aimé

faire le mystérieux. Il me manque, tu sais.

— À moi aussi. Mat?

— Oui?

— Faisons semblant, tu veux?

— D'accord.

Mathieu va chercher les casques et aide Dominique à attacher le sien. Puis, il monte devant elle en demandant:

— Où aimerais-tu aller?

— N'importe où. À la campagne, tiens.

Mathieu abaisse sa visière et fait comme s'il démarrait la moto. Dominique se blottit contre lui et ferme les yeux. Un chemin verdoyant s'étire devant eux et ils s'y engagent, chassant leur mélancolie dans le partage d'un rêve.

DANS LA MÊME COLLECTION